在那些燦爛的時光裡，
我最喜歡你

喜歡上你的那一刻起，
我的孤單走到終點，
而我知道，那是幸福的起點。

網路小說
人氣作家
Sunry

愛情若被束縛，世人的旅程即刻中止。
愛情若葬入墳墓，旅人就是倒在墳上的墓碑。就像船的特點是被駕馭著航行，
愛情不允許被幽禁，只允許被推向前。
愛情紐帶的力量，足以粉碎一切羈絆。

——泰戈爾

清晨五點鐘，天才濛濛兒發亮，我輾轉從睡夢中醒過來，躺在床上，偏頭看向沒有拉上窗簾的窗口。

窗外，有薄薄的霧，今天應該會是個好天氣。

心情很好。

剛才彷彿做了個好夢，夢境的完整內容已經忘了，不過好像是關於愛情的場面。似乎有個人在虛幻的夢裡十分寵溺我，相處的過程太甜美，即使從夢裡清醒過來，心底仍能感受到那份濃情蜜意。即便那只是一場夢，也足以讓我夢醒後仍保有愉悅的心境。

我起身走進套房附設的廁所裡，如廁結束，正打算飄回床上繼續補眠時，卻聽見斷斷續續的說話聲，隔著門板從客廳傳來。

小心翼翼打開房門，點著小夜燈的客廳裡，我看見林羽希單薄的身子縮在沙發上，正拿著手機講電話，不過從她那緊擰著眉的神色看起來，似乎與對方聊得並不怎麼愉快。

又和學長吵架了嗎？我心中暗忖。

林羽希是我的大學死黨，我是那種天生人來熟，跟什麼人都能愉快玩在一起的，但可以促膝長談的人，卻寥寥無幾。

林羽希就是我那寥寥無幾的知心朋友裡其中一位。

她是個外冷內熱的女生，十分的慢熟，不管跟什麼人，好像都沒有話題可以聊，和班上同學即使相處了兩年多，也依然像剛認識那樣陌生。許多人都覺得她惜字如金，好像只有我，才能跟她暢所欲言聊個不停。

我跟林羽希的認識過程很一般，就是很單純的同班同學。大一上學期，我甚至沒跟她說過半句話，只知道她是我們班上的同學，連她的名字也不太記得。

她太低調、太沉默寡言了，一個人，總像離群索居般的獨來獨往，從不蹺課，但也從不多逗留，總是一下課就閃人，是個存在感很低的傢伙。

一直到大一下學期，有一回班聚，我午睡睡過頭，醒來時已經快六點，出門前我沒多想，隨手從櫃子裡拿了平常我常拿的那個包就出門，直到坐在計程車上，我才發現我手上拎的是媽媽送我的香奈兒限量款包！

當下我心裡十分懊悔，可是又不想因為一個包，再折返回家去更換，只好安慰自己，或許沒人看得出來這個包的價值。

一到餐廳，同學幾乎都到了，我在班上的人緣算不錯，在走到座位的那短短路程裡，好多個同學都出聲跟我打招呼，我卻侷促的直把手上的包包拿得低低的，希望他們不會注意到。

好不容易走到同學幫我預留的座位上，我鬆了一口氣般的把包放在我座位椅背上，用身體擋在包前面，拿起菜單專心研究菜色，卻被坐在我對面的張唯馨眼尖的看見我的包。

「哇！香奈兒的耶！」張唯馨的音量不大，卻足以讓附近的同學們瞬間聚焦，好些人立刻將焦點放在我帶來的包包。

我的心裡「喀噔」了一聲，當場好想拿塊豆腐砸死自己！

正打算說句什麼話來讓大家移開注意力時，話很多的張唯馨又開口了。

「是大陸買來的A貨吧？」她撇撇嘴角，有些不以為然的哼著，「上個月我阿姨也買了兩個包給我，仿得跟真的似的，李孟芯，妳這個，應該也是仿的吧？」

「是。」我猶如抓住海上飄流的浮木般，露出解脫般的微笑，「前陣子我媽說她一個朋友去深圳玩時買了這個包，送給我媽，但我媽用不到，又轉送我。」

「我就說嘛。」張唯馨有些得意的揚起嘴角，「誰有那個錢可以去買正牌香奈兒包啊！能拿個A貨假裝一下，就很厲害了，對吧？」

「是啊，是啊。」我繼續賠笑，眼睛餘光發現同學們一聽是仿的A貨，就紛紛把目光又移走，聊天的繼續聊天、研究菜單的繼續研究菜單、玩手機的繼續玩手機，我頓時安心下來，又笑得真心誠意，說：「而且用壞了也不會心痛，反正是假的，壞了就再換一個，如果是真的包，剛好又是限量款的，萬一壞了，那可多心痛啊。」

「就是就是。」張唯馨也跟著點頭。

其實，我跟張唯馨也不熟，不過她這個人很高調，老喜歡跟同學們炫耀她的事，去過什麼餐廳、住過什麼飯店、玩過哪些國家、買過什麼名牌……她都可以拿來講，而且跟什麼人都能講。

聽說，她在班上的人緣不太好……不過這只是聽說，我跟她畢竟沒太多交集。

於是一頓飯，就這麼熱熱鬧鬧的展開。

大家沒再把焦點放在我帶來的包上面，對我而言，是那晚最值得慶幸的一件事。

直到散場時，我拎著我的香奈兒，跟幾個同學一起走路到附近的捷運站搭捷運，在月台上等車的時候，正巧林羽希站在我身旁，她淡淡的瞄了一眼，就用只有我們兩個人才聽得到的聲音對我說：「很厲害呢！限量款的。」

一開始，我還沒反應過來，有些不明所以的看著她。

但順著她的眼神，我看向自己手上的包，有些侷促的抿了抿唇，想起方才飯桌上張唯馨說的A貨，就順口拿來當藉口，「很像吧？其實是A貨。」

「不是。」林羽希搖頭，看向我的眼神有某種程度的堅持，「它是貨真價實的Chanel限量包，而且台灣沒有，妳是透過門路從國外買回來的吧？」

我很詫異。

她居然連台灣有沒有販售都知道……這個人，原來才是江湖上傳說中隱藏版的高手啊！

大約是我吃驚後露出的呆滯表情太誇張，林羽希的臉上短暫露出我從沒見過的笑容，漂亮、陽光、耀眼動人的甜美笑容，我這才發現，原來這個不愛說話、不常笑的女生，笑起來，竟然是這樣子的好看。

是那種讓人目炫神迷的燦爛微笑，雖然只有短短幾秒鐘，卻足以令人深刻烙印在腦海裡。

那個時候，我跟她還沒變成朋友，不過當時，我腦中閃過一個念頭：日後若有人跟我提起「林羽希」這三個字，我第一個想起的，也許就是今晚此時此刻，她臉上那個令人難忘的真摯笑容吧！

「妳……妳是怎麼看出來的？」

能一眼就分辨出真假貨，肯定是見過世面的人才有辦法，但我們這年紀的女孩子，若非家裡面經濟許可，基本上，一個上萬元的包，是不可能隨便提著走的，更何況是限量包的辨識！

「我在百貨公司的精品樓層打工。」林羽希也不扭捏，直接宣布答案。

我看著她，不敢置信。

「我的家境不好，必須打工賺學費。」林羽希誠懇無偽的眼神，不亢不卑的姿態，揚著淡淡笑意的臉龐……讓我瞬間對她的好感攀升。

我不是沒見過需要靠打工賺錢來繳自己學費的人，不過他們通常自尊心都超乎常人的強，還擁有一身無人能敵的傲骨，林羽希是第一個我所見過最坦蕩蕩，無懼無畏地承認自己家境不好的人。

我們之間有幾秒鐘的沉默，我努力的尋找打破僵局的話題，於是我開口，「所以妳……可以拿到員工價？」

天哪！我到底在說什麼？

再一次的，「拿塊豆腐直接砸死自己」這個念頭又閃過我的腦海。

想不到林羽希卻認真的點頭。

「嗯。不過只有我打工的那個櫃可以給員工價，其他的櫃我沒辦法，但是如果妳有需要，我還是可以問問其他櫃的櫃姊，看她們願不願意幫忙拿到優惠價。」

我就是在那個時候，認識這個外冷內熱的女孩，並且意外的成為莫逆，然後在大一升大二那年的暑假，她跟我一起在學校附近找了層公寓，開始我們兩個人自由自在的同居生活。

林羽希跟她男朋友，是在大二生活即將結束的五月，才正式交往的。

在那之前，林羽希一直暗戀對方，卻死不告白。

「多丟臉，萬一被拒絕了，那以後見面多尷尬！」

我是第一個，也是唯一一個知道林羽希暗戀學校弦樂社學長的人。

每次當我們在校園裡「不小心」（其實是林羽希刻意拉著我繞到學長每天必經的路上，製造的巧遇）遇到學長時，她看學長的眼神，只要是沒瞎的人，都能讀出她藏在眼底那昭然若揭的喜歡。

我想，學長應該多少也能感應到。

只是，她不表白，他就裝作沒這回事。

跟林羽希溫吞的個性比起來，我簡直就是急驚風的代表。

日子一久，兩個主角還不疾不徐的在原地踏步，一旁看熱鬧的我，卻已經按捺不住性子，追問林羽希到底還要歹戲拖棚多久！

於是她丟給我上面那個答案。

「我要是妳，如果遇到一個自己這麼喜歡的人，早就去告白了，哪還會在這裡拖？」我哼著，「小心被別人捷足先登，到時妳就欲哭無淚啦。」

「萬一真有那麼一天，那妳會陪我喝酒掉眼淚吧？」

「當然。」

「那就好了啊。」林羽希絲毫不以為意的揚著笑臉，「反正告白也不一定會成功。再說，聽說學長以前交往過好幾個女生，那麼花心的男生，應該也不適合我，就算真的在一起了，說不定也會分手。擁有後的失去，其實，是比不曾擁有還要令人難受吧！」

「都看得這麼透徹了，那幹嘛還要喜歡？」我不能理解。

「就克制不住嘛。」林羽希指著自己心臟的位置，「它不聽大腦的話，我也沒辦法吧。」

「要是我啊，」我歪著頭，看著她，睜大了眼認真的說：「我才不管會不會失去呢！就算到最後終究沒辦法在一起，我還是會向自己喜歡的男生告白，死纏爛打也要追到他，真的！」

「妳的臉皮有這麼厚？」林羽希伸長手捏捏我的臉頰，笑笑的，「還死纏爛打呢！不怕被別人笑話？」

「不怕。」我一副慷慨就義的神情，「真愛無敵！」

林羽希被我逗樂了，笑了一陣後又說：「那我還真想見見讓妳變無敵的是怎麼樣的男生呢！」

「那有什麼問題！」我拍拍自己的胸脯，豪氣萬千的回覆她，「等他出現時，我一定第一個通知妳。」

結果，我的「真愛無敵」還沒出現，林羽希就被她暗戀的弦樂社學長告白了。

也許，學音樂的人，都特別的浪漫。

學長告白的方式，也特別的與眾不同。

告白的那天，他帶了幾個人，各自拿著大、中、小提琴，守在校園裡林羽希每天上學必經的途中，當林羽希的身影出現，他們就開始在路邊演奏起宮崎駿動畫《神隱少女》裡〈永遠常在〉這首曲子。

那天，我並不是唯一的一個目擊證人，在人來人往的校園，這樣的表演方式，馬上就引起附近學生們的注意，很快的，一堆人都圍了過去。

於是，這群人，全都見證了學長的告白。

當一首曲子演奏完畢，學長從上衣口袋裡掏出一朵紅玫瑰遞到林羽希眼前，不顧四周眾人尖叫聲，直接告白。

那是我第一次，看見臉紅得像蘋果一樣的林羽希。

也是我第一次，看見向來信心滿滿的林羽希，居然手足無措得不知道該怎麼辦。

更是我第一次，看見比眼前玫瑰還要美的林羽希。

後來，這件校內史無前例的浪漫告白，還轟動了好長一段時間，林羽希因此聲名大噪。

林羽希開始談戀愛後，我就變得更可憐了。

本來是兩個形影不離的人，這下子，跟她形影不離的對象換成了學長，我顯得更加的形單影隻了。

那陣子，我的寂寞無處排解，只好靠著購物來宣洩。

雖然在我們家，重男輕女的觀念十分嚴重，我的爺爺奶奶跟我媽，都把我那一脈單傳的哥哥當成寶一樣在疼，不過幸好我爸還有那麼一點良知未泯，還記得我身上同樣流著從他那裡傳承過來的血液，所以雖然心靈上不能完全滿足我，物質上，對我倒是從不吝嗇。

光他一個月匯打進我存摺裡的零用錢，就已經高過一些上班族一個月的薪水了。完全的遵照「女兒富養」的準則來辦事。

而我那一脈單傳的醫生哥哥，雖然集三千寵愛於一身，倒也不忘造福我這個從小就老愛跟他唱反調的反骨妹妹，對我出手也算是大方，老會在我裝模作樣哭窮時，轉個幾萬元到我帳戶裡來給我當零用錢，再順便白費力氣的提醒我：「省著點花，別把自己塑造成一個敗金女了。」

其實，我哪有敗金？只不過是名牌用習慣了，一時之間比較難接受路邊攤的貨色而已啊。

而且，忙到不行的林羽希除了上課、約會，其他的時間，就是在百貨公司打工，我也只能在她打工時去找她，假藉選購包包之名，行閒話家常之實。

沒辦法，女人哪，一旦談了戀愛，就馬上會飛上枝頭變鳳凰，三餐有人噓寒問暖不說，出門還有專車接送。

搞得我好像深宮怨婦一樣，只能等她回我們租賃的地方才能好好坐下來聊一下。可偏偏白天上了一整天的課，又站了一整個晚上的班之後，林羽希每天回到家就已經累虛虛的不想再多說話。

所以，去她打工的地方找她，才會變成我無可選擇的選擇。

然而去找她的次數一多，在林羽希的領班滿臉狐疑的眼神掃射之下，我那從小就被灌輸著要遵守禮義廉恥的羞恥心油然而生。

只好連價錢都沒看就隨便挑了個看得順眼的包包，還騙林羽希說是我媽請我幫她買的，林羽希才沒阻止我結帳。

結果拿信用卡刷卡結帳時，我看著簽帳單上那六位數的數字，差點吐血而亡。

幸好我的帳戶裡還有錢可以支付這筆費用，不過，恐怕又要一段時間不能隨心所欲的亂買東西了。

當我拎著那個因鬼遮眼而買下的戰利品，邊沮喪的走著，邊在心裡盤算要怎麼騙我那個冤大頭醫生哥哥再匯些錢來救濟我時，竟一頭撞上一個男生的背。他手中拿著一杯熱咖啡，正站在百貨公司門口跟朋友聊天。

撞上的那一瞬間，我才知道，原來男生的背，居然這麼硬邦邦的！

我一邊撫著自己撞得有些發疼的鼻梁，一邊抬頭看著現在到底是什麼狀況。當我瞥見灑了一地的咖啡時，馬上意識到那應該是我剛剛犯下的蠢事，隨即滿臉抱歉的對著那男生說：「對、對不起，呃……我去買一杯咖啡賠你吧！」

說完，還刻意在臉上擠了個甜美笑容。

那個男生瞄了我一眼，聲音十分冷淡而且完全不客氣的說：「熱拿鐵不加糖。十分鐘。」然後丟給我一個「妳還不趕快去」的冷漠眼神。

我瞬間整個傻眼了……這個男生是不是有病？通常遇到這種情形，正常一點的男生不是都應該大方的對眼前的美女說：「喔，沒關係沒關係，妳別介意，我再去買一杯就好了。」這樣才對嗎？

我遇到一個奇葩了，真是！

而且他買的那間咖啡店超難排隊的，因為咖啡粉要現磨現煮，再加上客人不少，給我十分鐘買好一杯咖啡，根本就是項挑戰。

我只好賭它現在沒客人！

這會兒，我完全不顧形象了，邁開腳步就直接往六樓衝。但一衝到咖啡店門口，我的心就冷了。

全世界只剩這間咖啡店在賣咖啡了是不是？排那長長的一條人龍是什麼意思？

忍不住悲傷沮喪，我又沒做什麼壞事，為什麼會這麼倒霉？該不會是今年年初鐵齒沒去安太歲，所以現在才會被神明懲罰？還是我前兩天看到一個身強體壯的婆婆健步如飛的在過馬路，沒過去展現童子軍日行一善扶老人過馬路的善舉，所以被衰神盯上了？

腦袋裡胡亂猜測了一番後，我當下決定，乾脆拿兩倍的錢當作賠償，說不定那男生就不會再跟我計較了。突然，從那條長長的人龍裡，我攫獲到一個熟悉得不能再熟悉的身影。

天，果然不會絕人之路，我也依舊是個好人啊……哈哈！

賣力擠到櫃檯前，韓少武已經點完他要的咖啡，我馬上追加了一句，「再一杯熱拿鐵不加糖，謝謝。」

我說完，店員跟韓少武同時轉頭看我。

「小姐，不好意思，我們不接受插隊點餐喔。」那名長相秀氣的男店員客氣的對我微笑。

「我沒有插隊。」下一秒，我已經勾住韓少武的手臂，姿態親膩的顯示我跟他絕對是男女朋友關係，「他是我男朋友，我剛才還沒想出來要喝什麼，現在正好突然想喝熱拿鐵，才跑過來點的嘛。」

說完，我又用身體撞撞韓少武，示意他開口幫我說句話。

韓少武不愧是我多年摯交，馬上毫無破綻的朝店員點頭微笑，「給我女朋友來杯熱拿鐵不加糖吧，謝謝你。」

幾分鐘後，我捧著那杯不加糖熱拿鐵，跟韓少武並肩走出咖啡廳。

「李孟芯，妳這麼風風火火的是在趕什麼行程？」

韓少武瞧我這副緊張的模樣，擒不住嘴邊笑意的看向我。

我用著比平常走路快兩倍的速度迅速走向手扶梯，一層樓一層樓的搭著手扶梯下樓。

韓少武的腳長，完全沒落後我的跟在我身旁。

「我打翻了一個男生的咖啡，現在要把這杯拿去還給他，他只給我十分鐘的時間。」我說。

「這麼酷？」

「是變態！」

「那妳沒事幹嘛打翻別人的咖啡？」

「你以為我願意？」我轉頭看了滿臉笑意的韓少武一眼，無奈的說：「一切盡在不言中。」

「賣什麼關子啊？」韓少武很自然的伸手摸摸我的頭。

「唉呀！」我一掌打掉他的手，皺著眉，「別弄亂了我的頭髮！很貴的。」

昨天才花了一筆錢去護髮，我這個人耳根子軟，設計師一說什麼油對頭髮最滋養，什麼精可以抗紫外線，我就全都來者不拒，結果花了快好幾千元在我頂上這堆毛髮上。

這事要是被勤儉持家的林羽希知道，我肯定又要被狠狠碎唸一頓了。

韓少武不理會我的抗議，又抓了把的我頭髮，放在他的掌心裡認真瞧了瞧，「我看不出來貴在哪裡。」

「要是給你看出來，那設計師還混個屁？」

「既然都看不出來，那妳去給別人貴個屁？」他學我。

我不理他，到達一樓時，我迅速衝到大門口，還好那男生還在，正跟身旁的人在講話。從我這角度看過去，只能看到他高眺的身影與剛毅有型的側臉，是個十分好看的男生，只可惜……不愛笑。

就連跟自己的朋友聊天，也是那一副面無表情的撲克牌臉，非常的不討喜。比李孟奕還愛裝酷！

喔，對了，李孟奕是我那集三千寵愛於一身的哥哥，高富帥的代表，全身上下最大的優點就是「痴情」，最大的缺點就是「太痴情」！自從他那個無緣的初戀女友離開他之後，他就整個人彷彿大轉性一般一直守身如玉到現在，對任何女生都沒興趣，搞得我媽簡直快崩潰，不停的拜託身旁親朋好友介紹條件好的女生給我哥認識，還說我哥是獨子，我們家三代一脈單傳的良好基因，可不能到了他這一代就斷了香火。

其實我覺得事情的解決方式是再簡單不過了，只要把我哥的初戀周曉霖找回來，我們家的香火自然就能延續了。

只不過，當我把我心裡的想法提出來時，馬上被我媽狠狠的罵了一頓，還警告我千萬不可以在我哥面前提起「周曉霖」這三個字！

我覺得我媽真有病！

給她提一個最對症下藥的方法，反而被她罵得死去活來。

餘情未了……這四個字，我媽肯定不懂！

她跟我爸就是當初在一起的過程太順遂了，沒嚐過失戀的痛苦，所以不能了解我哥的心酸。

當我雙手捧著那杯聞起來濃郁香醇的咖啡送到傲冷男面前時，他的第一個動作，居然是舉起手，看看自己手上的腕錶，然後十分沒禮貌的說了句：「花了九分鐘。」然後就直接拿走我手上的咖啡，連一句「謝謝」也沒說。

我傻傻的站在他面前，瞪大了眼看著他。

我長這麼大，倒還沒遇過像他這麼沒家教的人呢！他到底是從哪個星球來的啊？是不是不知道地球上有禮義廉恥這種東西？怎麼不趕快滾回他的星球去呢？

孩子，地球是很危險的，不要再逗留了，趕快回你的星球去吧！

「還有事嗎？」

大概是見我一動也不動的盯著他，被我瞧得奇怪了，只好又開口，冷淡的語氣裡，有拒人於千里之外的冷漠。

我被他這一問，突然亂了陣腳，腦袋還沒反應過來，就已經嘴快的對他說：「我們因緣際會，你好，我叫李孟芯，你叫什麼名字呢？」

我這麼無厘頭的自我介紹方式就好像一記悶棍，突然出招，打得他哭笑不得，我看見他的表情因而變得有些古怪。

不過這個男的真矜持，硬是跟我大眼瞪小眼的看了好幾秒鐘，也不肯告訴我他的名字。

哼！我才不稀罕！誰想要知道他叫什麼名字啊？最好一輩子都不要跟他有任何牽扯……我對面癱的男人最受不了了。

就在我放棄跟他繼續糾纏的時候，傲冷男的嘴角突然揚起一絲微妙的淺笑，一閃而逝，速度之快，讓我懷疑那是不是我自己的錯覺。

「聶成硯。」傲冷男說。

「啊？」沒料想到他會回我話，所以他突如其來的回答，瞬間震撼到我，我一時之間完全沒了形象的張大嘴瞅著他。

傲冷男果然是冷酷無情的最佳代表，看著我傻子一般的表情，他冷冷回應，「沒聽見就算了。」

說完，他神情淡漠的轉身舉步就離開了。

倒是他身旁的朋友比較好心，一臉憋著笑的古怪表情，對我擠眉弄眼的揚揚唇角，又指指傲冷男的背影，刻意放大音量的呼喊，「喂！聶成硯，你走慢點。」

聶成硯！

很好，我記住你的名字了！

這時，韓少武擠過來，跟我肩並著肩，一起朝著傲冷男的方向看過去。

「挺帥的啊，那個人。」韓少武一臉痴迷表情。

「少花痴了！」我受不了的抬頭瞪了他一眼。「你不覺得他有冷漠病？」

「冷漠病是什麼？」

「冷淡、無情、自恃過高、缺少同理心。」

「他有嗎？」韓少武狐疑的瞄瞄我。

「那麼明顯，你看不出來？」

韓少武認真的搖頭。

算了！這個人是看到帥哥就昏頭的人，跟他解釋得再多，他也未必能懂。

「欸，別提那個傲冷男了，我餓了，我們去吃點什麼東西吧。」

說完，我習慣性的勾住韓少武的手臂，姿態親膩得就像是一對情侶。

韓少武思忖了片刻，提議道：「我知道最近有間新開的簡餐店，他們的招牌小火鍋挺不賴的，要不要去試試？」

「當然要。」我立即點頭，揚揚手上的提袋，又耍賴的向韓少武撒嬌，「不過你要請我喔，我剛才為了手上這個包，已經花光積蓄，身無分文了。」

「講得這麼可憐！」韓少武滿臉盈盈笑意，「打通電話去跟妳哥裝可憐一下，妳的帳戶就會進帳不少了。」

「剛才就是在想怎麼騙我哥掏錢出來救濟我，才會不小心撞到傲冷男的！」

「人家有名有姓，妳別老叫人家傲冷男啦！」

韓少武這個花痴，才見了人家那幾分鐘，一點交情都沒有，就整個人倒戈過去，幫人家說起話來啦！

「反正他又聽不到，你瞎抱不平個什麼勁？」我忍不住瞪了他一眼，又開口，「喂，你該不會又覺得他是你的菜，打算要去跟他攀交情吧？」

「咦？妳幹嘛這樣說？講得好像我很隨便似的。」韓少武嬌羞的睨了我一眼。

「沒有沒有。」我學韓少武摸我的頭的方式，墊起腳尖，伸長手，摸著韓少武的頭，假惺惺的說：「你一點都不隨便，你那是隨和。」

「嗯。」韓少武這才滿意的微笑點頭。「全世界就妳最懂我。」

「所以，你要怎麼報答我？」

「請妳吃小火鍋。」

「好。」我挽著韓少武的手，笑嘻嘻的指著前方，說：「走！」

說起韓少武，很多人都知道我們兩個人交情匪淺，也知道他是我的高中同學，卻不知道在他和我的心中，擁有一個共同的祕密。

高中三年，他可是我們學校有名的風雲人物，向他告白的學姊學妹們不計其數，但他不會打籃球、游泳也不行，更不會吉他、小提琴，唯一的強項，就是寫作。

加上他那副白皙俊美的秀氣臉龐，時不時就抱著一本書閱讀著，有時看得太入迷了，眉頭會忍不住微蹙起來，那模樣，憂鬱中帶著帥氣，於是，學妹們幫他起了個

「憂鬱學長」的稱號。

其實，韓少武並不憂鬱，甚至，當他笑起來時，會給人一種如沐春風的感覺。

不過，他卻也從來就不給那些向他告白的女生們任何機會，總是跟她們保持客套禮貌的距離，不會說什麼惡毒的話去傷害她們，也不會抗拒她們執意的親近。

他有一群哥兒們，幾個人總是喜歡聚在一起嘻嘻哈哈。

我覺得，這樣子的男生，很正常。

一直到高二那年，韓少武跟我不曉得因為什麼緣故，越走越近，後來變成無話不談的好朋友。

我們這樣的男女友情，在別人眼中看來，是曖昧的。

於是，學校裡開始流傳著我跟他在交往的傳言。

流言不知道是從什麼地方傳出來的，我為此困擾不已。

可是韓少武卻總是一副不關己事的模樣，好像挺享受這樣的蜚短流長。

我就親身經驗過，當我跟他站在一起講話時，身旁響起男生們無聊的叫囂跟口哨聲，韓少武只是淡定的轉頭看了他們一眼，嘴邊有薄薄笑意，接著又若無其事的繼續回過頭來跟想逃之夭夭的我接續未完的話題。

「喂，韓少武，身為男人，你是不是應該挺身出來澄清一下？不然我很困擾耶。」

某個放學的傍晚，班上的同學已經陸續離開教室，只剩下韓少武跟我，我背起書包，走到韓少武的座位前，手扠腰，一副很有氣勢的模樣對他說。

「澄清什麼？」韓少武一邊收拾書包，一邊少根筋般的看著我。

「澄清我跟你的關係啊！」

他果然沒把這件事放在心上！好歹他也是當事人之一啊，憑什麼這種事只有我一個人在煩惱，他依然好吃好睡，好像什麼事也沒發生過一樣？

「我們不就是好朋友的關係？這需要澄清什麼？」

「可是大家都在傳說你跟我是男女朋友啊。」

韓少武本來還有些狐疑的臉上慢慢綻開笑容，他看著我，深褐色的瞳孔裡，映出兩個小小的我。

「妳很介意？」

「廢話！」我認真的回答，「你這樣會害我沒身價耶！萬一有人暗戀我，一聽到我是你女朋友，不就不敢來向我告白了？你這樣不是硬生生斷了我的桃花？」

「但妳知道，我們兩個人並沒有在談戀愛啊。」

我同意的點頭。

「那就好了啊。」韓少武的臉上又漾起笑容，他很順手的攬住我的肩，笑嘻嘻的，「清者自清嘛！妳放心，這種事，我不會放在心上，妳也不用放在心上，好吧？」

下一秒，我已經一掌打掉他放在我肩上的手，一股怒氣從心底升上來。

「不要這麼吊兒郎當的，好嗎？」我怒不可遏的朝他吼，「你可不可以認真的感受一下我的感覺？我不喜歡這樣，不喜歡成為別人茶餘飯後的討論焦點，不喜歡別人看我的目光裡藏著八卦的神色……這些我通通都、不、喜、歡！」

我的憤怒，把韓少武嚇到了，那大概是他第一次看我這麼生氣，他本來燦爛的笑容，就這麼僵在臉上，化成尷尬的表情。

接下來好幾天，我刻意避開他，不再跟他說話，每當他故意靠近時，我就會藉機逃開。

那幾天，韓少武彷彿變得不太快樂，我注意到他的笑聲變少了，有幾次上課時，我趁他沒注意，偷看了他幾眼，總看到他眉頭深鎖。

我這個人啊，最大的優點就是富有同情心，最大的缺點就是同情心太氾濫。只要看到別人擺弱，自己就會很不爭氣的氣消，又很沒志氣的原諒對方。事後我想想，覺得自己真的是太小題大作了，傳緋聞嘛！每個人一生裡總會遇到個幾回，這種事有什麼好生氣的？有緋聞才能彰顯出身價嘛！更何況韓少武又是那種令許多女生流口水的男生，跟這樣的男生鬧鬧新聞，根本就是我佔便宜了，我居然還這麼小氣巴拉的跟人家生氣！

套句我哥老掛在嘴邊的話，「整個就是病入膏肓的公主病在發作，吃再多的藥也救不了！」

就在我打算開口跟韓少武和好的那天，放學後，我還坐在自己座位上慢調斯理的收拾書包，心裡思忖著要怎麼向韓少武開口，韓少武卻走到我的座位旁，不由分說的幫我把桌上的東西全掃到我的書包裡，又把我的書包背在他自己肩上，然後拉住我的手，就直接跑出教室。

沿路，我聽到不少驚呼聲，心裡想，這下又慘了！好不容易平息下來的流言，現在來了這麼個插曲，明天校園裡不曉得又會傳出什麼樣稀奇古怪的傳聞來了。

韓少武就這樣一路拉著我跑到校外，拔足狂奔到我們平常一起走路回家時總會經過的路邊小公園裡。

他在鞦韆前放開我的手，然後我們這兩個沒運動細胞的人，氣喘吁吁得像快斷氣一樣，各自扶著自己的膝蓋，喘個不停。

如果，他是要跟我告白，那這樣的方式也太不浪漫了吧？

「韓、韓少武，你……你有病啊？拉著我這樣跑，是、是怎樣？」我一面喘，一面抬起眼瞪他。

「想、想不到會、會這麼喘……」韓少武居然還笑得出來。

「你、你也太弱了吧？」我忍不住就想吐槽他，「好歹你也是個、是個男人吧！」

「沒人規定男人就應該擁有跑百米也不喘的能力吧？」

我想想也對，於是只好乖乖閉嘴。

「哪，給妳。」

我終於不再那麼喘時，韓少武從自己的書包裡掏出一瓶水，扭開瓶蓋，遞給我。

我完全不客氣的以口就瓶，一口氣就喝掉大半罐，然後把剩下不到半瓶水的水瓶再還給韓少武。

韓少武也很自然的就直接張開口，把我沒喝完的水全倒進自己的肚子裡。

喝完，他用手背抹抹自己的嘴，又對我燦然一笑。

我坐在鞦韆上，慢慢的晃盪著，微微抬頭看著韓少武，半晌，我才慢慢開口。

「說吧，什麼事？」

韓少武走到我身旁，坐在另一座鞦韆上，沉吟片刻，才說：「李孟芯，妳別生我的氣，好嗎？」

我假裝在思考，片刻，才點頭，「可以。」

「真的？」韓少武喜出望外。

「當然。」我豪氣的拍拍他的肩膀，咧著嘴笑，「只要你不會喜歡上我，我就一輩子不對你生氣。」

本來只是開玩笑的話，哪知韓少武竟然煞有其事的舉起一隻手，認真的說：「好，我保證。」

他這麼一宣誓，我的心情反而有些失落了。

難道，我就這麼沒魅力？韓少武原來對我一點都不動心啊？

人家不是說男女之間沒有純友誼？一對男女打著好朋友的名義卻不交往，通常都是有一方在喜歡另一方，為了保有兩個人之間長期的情誼，才會忍住不告白，而以好朋友的身分在一旁默默守護對方。

我以為，韓少武也是以這樣的心情在對待我。

「你為什麼可以這樣保證？感情的事情，千變萬化，又不是你說了就算！說不定哪一天，你會突然覺得我很漂亮，或是我的哪個動作突然就這麼烙在你的心上了，然後你忽然之間就發現，你喜歡上我了……」

我話還沒說完，韓少武卻突然站起來，一把把我拉進他的懷裡，用力的攬住我的背，讓我的頭靠在他胸前心臟的位置。

「妳聽！」他緩慢的說著，「我的心跳，並不會因為擁抱著妳，而有絲毫的紊亂，還是以不快不慢的節奏跳著，那說明了什麼？」

說明了什麼？

我安靜著。

韓少武的心跳維持著正常的速率在跳動，我的心跳，卻因為他的擁抱，而開始越變越快。

這到底說明了什麼？

大約過了一分鐘之後，韓少武的聲音，在我的耳邊輕輕響起。

「說明了，我……其實是不愛女生的。」

於是，韓少武跟我之間，就是從那一刻起，擁有了共同的祕密。

那一天傍晚，我抱著韓少武，哭得眼睛紅腫。

我不能明白，為什麼老天爺給韓少武這麼俊美的外型，卻讓他不能好好享受攤在陽光下的愛情，只能躲起來，偷偷愛。

韓少武不能體會我的心酸，他覺得他自己這樣並不算什麼，在國外，很多人都可以接受同性的愛情。

「但你不是在國外啊。」我哭得眼淚跟鼻涕都混在一起了。「你是在台灣啊，台、灣！」

我刻意強調「台灣」這兩個字。

韓少武用他的拇指抹掉我臉上的淚水，卻抹不掉不斷我從眼底直直墜落的憂傷。

他不懂，我心裡的酸楚，是因為心疼他。

「沒事的，真的。」他說。

「沒事才怪！」我才不相信他會真的沒事。「說，你現在喜歡的人是誰？」

韓少武完全不隱瞞的對我講了一個男生的名字，是我們隔壁班的，一個各種球類都擅長、體格也很健壯的傢伙，韓少武跟他交情也不錯，兩個人常在下課時靠在教室外的欄杆上有說有笑的。

「那他喜歡你嗎？」

韓少武搖頭，有點苦澀的表情，「他喜歡他們班上一個女生。」

我一聽，「哇」的一聲，又哭了。

「韓少武，你、你怎麼會這麼可憐啊？連暗戀都失敗……你是不是被衰神附身了啊？」

後來，韓少武費了好大的勁，才成功的安慰到讓我不再掉眼淚。

之後，不管學校裡再怎麼傳出關於韓少武跟我交往的不實謠言，我也完全不動怒了，甚至還會大方的當著那些好事者的面說：「對啊，我李孟芯就是喜歡韓少武，怎麼樣？」

一整個就是俠女仗義的風範。

不過俠女才當沒幾次，我就被我們導師叫去談話了。

我們導師是個個性超保守的媽媽級老師，她總是苦口婆心勸導我們現階段要以課業為重，談戀愛這種事，留到上大學之後再來談也不晚，千萬不要因為那些沒有未來的小情小愛，斷送掉自己美好的未來。

所以當那些有關韓少武跟我的風言風語傳到她耳裡時，她心裡的驚慌，是可想而之的。

為了保護韓少武，我直接跟我們導師承認是我單方面在喜歡他，學校裡那些談論我跟他的流言，也全是我傳出去的，直接拍胸脯大方坦承我喜歡韓少武這件事，也確實是有的。

結果，我的父母被叫到學校去，然後我被拎回家，罰跪在祖先牌位前整整一晚。

那天李孟奕正好在家，之前他聽我說過一些關於韓少武的事，不過他沒把這件事向我爸媽說明，只在我跪在祖先牌位前假裝乖乖反省的時候，走到我身邊，十分不顧手足之情的對我丟了句「白痴」，就離開了。

我望著我哥無情的背影，欲哭無淚。

都說女人心是海底針，我看男人心才是鋼鐵打的吧！

不過，就算被我媽罰跪兼警告，我還是不肯出賣韓少武，也沒打算要疏離他。

「媽，妳不懂啦！他對我來說，就是一個很重要、很重要的朋友。」我在我媽面前義正詞嚴的宣布。

「朋友能有多重要？會比妳媽還重要？」我媽一臉鄙夷的表情，又很幼稚的追問我，「那如果他跟妳媽我，同時掉到水裡去，妳要救哪一個？」

「媽，妳怎麼這麼幼稚？」我皺起眉。

「快說。」

我思忖了三秒鐘，決定壯士斷腕，「妳會游泳，所以妳自救吧！」

一回答完，我連忙逃命似的逃回我自己的房間裡，留下我媽咆哮的聲音在我房門外轟隆隆的乍響。

直到我媽的脾氣發得差不多，我才迅速開了一小縫的房門，朝門外對我媽叫著：「媽，妳放心，他真的只是朋友，我跟他不會談戀愛的。」

講完，我又動作敏捷的關上房門，這回，我媽沒咆哮了，不過一分鐘後，我的門板下滑進一張紙條，是我媽寫的。

「妳要是敢玩弄人家的感情，一樣給我小心點！」

嘖！這老太婆，還真是難搞，怎麼樣都不行！看來我爸的道行確實是高，也只有他才能收伏得了我媽。

在那次驚天動地的革命之後，我媽不知怎麼的，竟然雷聲大雨點小的又恢復讓我自生自滅的生活形態，大概是她把整個精神都放在幫我哥找女朋友的心思上，所以沒空理會我。

我爸就更不用說了，他是個工作狂，孩子的事，他從來就不插手，他把教育孩子的事，當成是我媽的工作。

倒是韓少武，在事發之後，他萬分的擔心我。

「沒事吧妳！」事情發生的隔天，才一到學校，韓少武就抓著我問。

「能有什麼事？」我聳著肩，笑得燦爛。

「沒被妳爸媽罵吧？」他不放心。

「當然有碎唸了一下，不過，沒事的。」

「真的沒事？」

「真的。」我用力點頭：「你看我不是好好的？」

「那我們……我們以後還……還可以是朋友嗎？」

韓少武一臉憂鬱，這回看來，倒真的有幾分「憂鬱學長」的氣息了。

「為什麼不行？」我學他對我說話的語氣，對他說：「我們兩個人清清白白，清者自清嘛！」

然後，韓少武釋然的笑了。

再接下來，我找了個機會，直接大方的把韓少武介紹給我媽認識，對我媽來說，韓少武那身高、那長相，一整個就是少奶殺手，十分得我媽的眼緣，於是，我媽更放心讓我跟他來往了。

高三時，我媽已經跟韓少武比較熟稔了，兩個人還會用手機在 line 傳訊息，交情甚至比我跟他還要好，真搞不清楚韓少武到底是我同學，還是我媽媽的同學！

「要不，妳讓韓少武當妳的男朋友好了，那孩子看起來很好，你們兩個人在一起，我也比較放心。」

我媽提議時，我正好在喝湯，她這話害我把剛喝進嘴裡的湯一口全噴出來，噴得整個餐桌上的菜全都中標。

「李孟芯，妳怎麼這麼髒？」李孟奕剛好休假在家，他十分嫌惡的瞪了我一眼。

「我又不是故意的！」我抗議的說：「都是媽媽提的那個爛提議嘛。」

「我真的覺得他很不錯啊。」我媽完全若無其事的繼續用筷子夾起被我口水噴過的那些菜，放進嘴裡咀嚼著……媽媽，果然是世界上最強大的生物！

「當初也是妳說不准我跟他談戀愛的。」我說：「而且，我現在才高中，再怎麼說，這階段談戀愛還太早吧！」

「有好的對象就要把握啊！以前媽媽不認識韓少武，所以不准你們兩個人在一起，但現在我認識他了，也覺得他很好，所以如果妳要跟他在一起，我絕對贊成，妳記住我今天說的話啊。」

「那妳要不要去認識一下我的前大嫂，周曉霖姊姊一下？」我口沒遮攔的直來直往，「說不定妳深刻的認識她之後，就會叫我哥再去把她追回來了喔！」

然後，我們家餐桌上的氣氛就直接僵掉了，我看見我哥眼神裡的憂鬱，還有我媽目光裡的殺氣……

到達韓少武說的那間簡餐店後，我狠狠的喀掉一份小火鍋，連附贈的白飯也吃得精光。

韓少武坐在我對面，饒富興味的看著我。

「李孟芯，妳現在食量大進步喔。」

「我餓了嘛。」我滿嘴食物，口齒不清的回答他，完全不顧形象了，抬眼瞄了一下韓少武面前的鍋子，動作迅速的從他的鍋子裡撈起一片高麗菜葉，在他面前晃了幾下，燦笑著說：「可以吃的食物可不能浪費啊，我來幫你解決。」

「妳果然很餓！」韓少武姿態優雅的拿起一旁的水杯，放到嘴邊啜了一小口，對我和煦的微笑。「幾天沒吃飯了？」

我白了他一眼，少以為這種諷刺的語法我會聽不出來啊！

「是被氣到餓的。」我又想起那個傲冷男，還有他那副討人厭的死樣子！

「分明是自己不對，還要怪人家。」

韓少武你！到底是站在哪一邊的啦？

「但他看到美女，態度也應該和善一點吧！就算不是紳士，裝裝樣子也行啊！居然小氣成這樣！不過就是一杯咖啡嘛！」

一想起那段不愉快的經過，還是感覺有一股氣堵在胸口。

說有多不舒服，就有多不舒服！

「對啊，不過就是一杯咖啡嘛。」韓少武笑笑的接著我的話，「還是我幫妳買單的呢！我都不計較了，妳幹嘛還要這麼生氣？」

我今天已經瞪韓少武瞪到眼睛快脫窗了！為了不想讓眼睛這麼快就報廢，我還是少做眼睛瞪大或斜視的運動。

「就跟你說是態度問題，不是咖啡的關係。」

「但在我看來，妳就是不爽他叫妳賠他一杯咖啡，才會這麼生氣的啊。」

「就說了不是！」我火起來。

韓少武雙手抱胸，還是那副優雅王子的模樣，一臉和煦如陽的微笑，「李孟芯，妳知不知道妳一直有個缺點？」

我的缺點何止一個？套句我哥說的話，「只要不踩到妳的地雷，妳就不會爆炸，但重點是，滿地都是妳的地雷區，想不踩到都很難。」

「什麼？」我也學他抱胸，不過學不來他臉上那裝模作樣的假掰微笑。

「不肯認錯。」

「這哪算缺點？」我不服氣。

「喔？這不算缺點？」

「對。」我用力點頭。

「那這算什麼？」

「是……我的特色！」

「這種話，也只有妳講得出來。」韓少武失笑的看向我。

「為什麼會講不出來？我啊……」話才說到一半，我的手機鈴聲就叮叮咚咚的響了起來。

是林羽希。

我朝韓少武比了個「等我一下」的動作，接起手機。

「李孟芯，妳吃晚餐了嗎？」

手機才一接通，我都還來不及用平常噁心巴拉的撒嬌方式，拖長每個字尾音的對林羽希說：「喂，寶貝，怎麼了？」，她的聲音就急巴巴的傳過來。

「正在吃啊。」我摸摸肚皮，下意識的微笑，「而且還是免費的，所以吃超撐的，怎麼了？」

「我擔心妳買完那個包之後，就沒有錢可以吃飯了。」

知我者，果真非林羽希莫屬！她也知道那個限量版的包包足以花光我僅有的積蓄啊！就怪當時我太衝動，連價目都沒看，還為了幫林羽希做業績就興沖沖拿去結帳，一點也不給林羽希成功阻攔我的機會！

「哎呀！沒事沒事。」我不想讓林羽希為我擔心，連忙安慰她，「反正是送我媽的，說不定她看到一開心，又給我一大筆零用錢，妳也知道我媽那個人最重感覺了，我這樣一討好她，搞不好她心花一開，會給我更大的回報呢！而且，現在都快月底了，再過幾天，我爸就會匯錢給我了，妳別擔心。」

「真的嗎？」林羽希不太相信我的語調裡還有擔憂的成分，「妳不要安慰我喔！要是真的有困難，一定要跟我說喔。」

「好的好的。」我連聲答應。

我們兩個人又聊了幾句，才結束通話。

「林羽希？」韓少武見我放下手機，馬上展現他的冰雪聰明。

看我的生活圈多小！小到我的高中同學光聽我講電話，馬上就能猜出來電的是我哪個大學同學！

一股深深的無力感突然向我侵襲而來。

「韓少武，你說說，我是不是你見過的大學生裡，生活最平淡無奇，一點也不多采多姿的人？」

韓少武想都沒想的就直接搖頭。

「林羽希比妳更慘！她除了上課，還要打工。」韓少武說完，又補一刀，「妳們兩個人，一個第一名，一個第二名。」

「你說話一定要這麼毒嗎？」我哀怨的看著他。

「欸，我說錯了！」韓少武思忖了一下，重新開口，「人家林羽希有男朋友耶，那至少她的大學學分有比妳多完成一項，妳看看妳，長得又不比人家差，怎麼就是沒有男生看得上妳？」

「怎麼沒有？」一聽見這般詆毀的話，我不服輸的個性又被激起來，「追我的人可多著呢，只不過本姑娘眼高於頂，那些平庸之輩，我全不放在眼裡。」

韓少武沒急著接話，就這樣嘴角噙笑的瞅著我瞧。

「幹嘛？你不相信我說的話？」我問。

「我相信啊。」韓少武伸過手來，幫我撥掉我額前的一綹髮絲，姿態親暱得就像我們是一對戀人一樣。

「那你幹嘛笑得那麼邪惡？」

「我有笑得很邪惡嗎？」韓少武摸摸自己的臉頰，依然是那邪惡的微笑，「我以為我的笑容很真摯。」

「鬼啦！」我哼著。

「妳研究所考試準備得怎麼樣了？」韓少武話鋒一轉，問起我考研究所的事。

「還好吧。」我說：「反正你也知道，我這個人沒什麼厲害的，唯一的強項就是考試，而且考運也特別好，我想考我們學校的財研所，學有專長後，說不定我可以去我爸的公司幫忙。」

韓少武點點頭，「有沒有需要我幫忙的地方？」

我認真的想了想，回答他，「幫我找個男朋友吧！至少，在我大學畢業之前，把這項學分也修起來，省得日後跟我孩子講到我的大學生活時，內容太貧乏，會害他們一點嚮往都沒有，於是自暴自棄的只讀到高中畢業就想出外謀生了。」

韓少武忍俊不住的笑起來。

「可是小姐妳啊，眼高於頂呢！」笑過後，韓少武直接下評論。

「為了不讓我的年輕留白，我願意降低標準。」

「好，那妳說，妳的標準在哪裡？大概需要什麼條件的男生才行？」

「我的標準很低的，說出來你會嚇死。」

「該不會只要是男的，妳都可以接受吧？」

「當然是要男的啊，而且身高不能比你矮，外表不能比你醜。」

韓少武愣了一下，怯怯的問：「李孟芯，妳……該不會是暗戀我吧？」

他話一說完，我也愣住了。

三秒鐘後，我才反應過來，惡狠狠的瞪了他一眼，「你會不會想太多了？」

這個該死的傢伙，又害我不小心做了激烈的眼部運動，真的是……

「但妳是以我為標準在挑男朋友啊！這樣很難不讓人家想歪。」

「我是以我媽的標準在挑男朋友的，好嗎？」我無奈的翻白眼，「誰叫你在我媽面前表現得那麼好，讓我媽這麼喜歡你，還好她不知道你的性向，要不然一定會馬上崩潰。」

韓少武一聽，馬上鬆了一口氣，他拍著胸，「嚇死我了。」

「喂，你什麼態度啊？」表現得一副好像被我暗戀上是得了什麼不治之症一樣！氣死人。

韓少武這回換上傻笑的表情，他知道，只要他露出這種呆傻笑容，我就會對他沒轍。

「好啦，我幫妳留意看看啦，這樣，大小姐妳開心了吧？」韓少武伸出兩隻手，輕輕的捏著我臉頰，左右輕輕搖晃，笑嘻嘻的，「笑一個吧，我們美麗大方又眼高於頂的李孟芯，妳今天實在是笑得太少了，都快要變成我不認識的人了啦。」

今天，我真的笑太少了嗎？

幾天之後，我意外的發現，聶成硯居然也是我們學校的學生，不過，他是高我兩屆的電機研究所研究生。

平常，我們商學院的學生跟理工學院的學生，碰面的機會是少之又少，畢竟兩個系館是有些距離的。

巧遇聶成硯的那天，是林羽希堅持要請我吃午餐，還向我推薦理工學院的自助餐廳。

林羽希說因為我幫她做業績，她這個月的獎金增加了不少，為了感謝我，她一定要請我吃午餐。

我向來個性豪爽又直接，要是在平常，肯定不會讓林羽希掏腰包請我，不過她的收入增加，真的是件值得慶祝的事，所以我也就爽快答應了。

結完帳，拿著我們兩個人的午餐，開開心心的挑了個空位坐下來，就在我們滿心期待打算大快朵頤時，我不小心瞥見坐在鄰桌，正跟同學說說笑笑，愉快的吃著午餐的聶成硯。

一開始，我只覺得那個人有些面熟，還沒意識過來他是誰。

直到我們飯吃到一半，林羽希提到她打工的專櫃店長送她一罐巴西帶回來的咖啡豆，她沒有喝咖啡的習慣，問我要不要那罐咖啡豆，我的腦袋突然石火電光的記起聶成硯這個人。

「啊，怎麼那麼倒楣！」

我一時失控，沒注意到自己的音量，雖然是午餐時間，整間餐廳都鬧哄哄的，但也許是我的音量真的太大了，不僅坐在我對面的林羽希用狐疑的眼神看著我，就連聶成硯他們那一桌的人，也全都轉頭齊齊的朝我注視而來。

聶成硯的眼力沒有像我那麼差，他好像一眼就認出我來了，我看見他只瞧了我一眼，就忍不住皺起眉來。

是有那麼討厭看到我嗎？

他那表情，讓我真受傷。

然後，我看見他站起來，拿著自己吃得所剩不多的餐盒，對他們桌的其他人說：

「我吃飽了，先回研究室了。」

說完，他沒再看我一眼，就離開了。

我又被他搞得滿肚子氣！

為了一杯咖啡就記恨在心的男人，怎麼樣都讓人覺得很小氣、不可愛。

雖然，我也是為了一杯咖啡才討厭他，但我是女人，所以這樣的行為是一種正常行逕，不能算小氣，也沒有不可愛。

我這是我哥說的「雙重標準」，我不否認。

那天下午，我們沒有課，吃過午餐後，林羽希就跟著我一起走路回我們在校外租賃的宿舍，我在路上跟他提到聶成硯的事。

「剛才在餐廳時，怎麼不直接跟我說是哪個人，我都沒機會瞧瞧到底是怎麼樣的男人，可以讓妳討厭成這樣。」

林羽希聽我憤慨的批評聶成硯，沒加入批鬥的行列，只是臉上帶著淺淺微笑的對我說。

「根本懶得提到他！」我無奈的說：「而且不是什麼好事，要不是又遇到他，我甚至連想都不願意再想起呢。」

「不一定是壞事。」林羽希拍拍我，笑笑的對我說：「會以這樣的方式遇見，也是種緣分，說不定是好事呢。」

「不可能啦。」我擺擺手，有些鄙夷的喃著，「誰想跟傲冷男有緣分？孽緣到此為止就好了，阿彌陀佛。」

我雙手合十，學電視上的和尚閉眼，微微欠身的唸著。

一直到後來，我才知道，很多話，真的不能講得太滿。

而緣分，真的是這個世界上最詭異的一種東西。

物。

大概是真心討厭一個人，所以我開始留意到，在我們學校裡，有聶成硯這一號人物。

以前從不覺得我們學校校區有多小，我現在卻覺得我們學校或許真不如我想像中的大，不然，我怎麼會這麼高頻率的在學校裡的任何一個角落，都能見鬼般的遇到聶成硯？

他明明是電機系的，可我怎麼不管是在商學院，或校園的路上、校外的街道上、餐廳裡，甚至是法學院裡，都能很倒霉的遇到他？

我都已經盡量避免去理工學院了，也不再去他們宿舍附近的校內餐廳用餐，但怎麼還是躲不開他？

每次遇到他，我都會像耗子遇到貓一樣，深怕被他也發現我一般的躲開，要是那時林羽希剛好跟我走在一起，我就會把她也一併拉走。

到後來，根本不用我指認，林羽希自然也知道聶成硯是何方神聖了。

「看起來不像是不好相處的人啊，雖然臉上的表情少了點，跟朋友在一起時也不太會高談闊論，不過看上去，就是個優質的男生啊。」林羽希這麼說。

她到底是哪個眼睛看出來聶成硯優質了？

「我沒有妳那慧根，所以我實在看不出來聶成硯優質在什麼地方。」我誠實回答。

「曖曖內含光。」林羽希煞有其事，彷彿跟聶成硯已經相識多年般的說：「我覺得他應該是這樣子的人。」

屁啦！最好他真的是！

「或許哪天，剛好被我看到他扶老婆婆過馬路，或幫老伯伯推拾荒車，再不然就是哪個慈善團體的大額捐款名單上有他的名字，那時，我才有可能會覺得他或許真的是曖曖內含光的那種人。不過在那些靈異事件發生以前，我還是覺得他只是一個為了一杯咖啡就跟我計較又記仇、小眼睛小鼻子小肚量的小氣男生。」

後來，「靈異事件」倒還真的一件一件發生了！

先是我在圖書館自習完，正準備走路回家的某個傍晚，在南校門口，我停下來等紅綠燈，卻看到對街有個老爺爺企圖要闖紅燈穿越馬路，卻被車速不慢的車陣困在馬路中央，老爺爺一臉驚慌失措，躊躇著不斷試圖跨出步伐，又被來去的車流嚇得縮回腳。

來往的車輛全都朝他按喇叭，卻沒有任何一輛車肯先停下來禮讓他。周遭的行人們已經開始議論紛紛，有人說怎麼沒有駕駛肯停下車來讓老人先過馬路，也有人說應該先把紅綠燈燈號切換一下，讓老爺爺先安全過馬路再說，還有腦殘的人問著要不要打一一九求救……

我轉頭瞪了那個說要不要打一一九求救的女生一眼，她不知道現在是生死一瞬間嗎？還想等警察過來救人！

再這樣下去可不行！萬一哪個不長眼的駕駛沒注意，肯定會撞上老爺爺。闖紅燈就闖紅燈吧！被車子按喇叭或被車主罵就被算了吧！反正人命比較重要！左右觀看了一下來往車輛，抓了個車輛間距的空檔，我正打算穿越車陣去帶老爺爺先到中央分隔島上，等行人燈號轉為綠燈時再帶他過馬路時，有個身影已經衝到爺爺身旁，做了我剛才腦袋裡想的那些事。

心裡忍不住讚揚那名見義勇為的好青年，感謝他讓台灣的未來還有希望時，才發現，那個人居然是討人厭的聶成硯！

我心裡的讚賞瞬間灰飛煙滅。

過馬路時，聶成硯扶著老爺爺走過來，經過我身旁，他還抬眼看了我一眼，那眼神裡的訊息我讀不懂，不過，冷漠依舊，我猜，他應該是用眼神在向我炫耀他做了一件好事！

哼！我才不會因為這件小事就改變自己對他的想法呢。

不過就是扶老人過馬路嘛！這種事，世界上天天都在發生，有什麼了不起？

我跟我奶奶去逛街時，也常勾著她的手走路啊！這可比聶成硯強多了，他不過就是扶個老人過馬路，我可是扶著個老人逛整條街、整間百貨公司呢！

跟韓少武約了在一間義式餐廳吃飯，他問我下個週末什麼時間有空，他要介紹一個條件不錯的男生給我認識認識。

我一口水才剛喝進嘴裡，差點就噴出來。

想起上次跟他提到要他幫我介紹男朋友的事，我不過是隨口說說，想不到韓少武居然認真了。

「韓少武，你那麼認真做什麼？」抽了張紙巾，我邊擦嘴邊的水漬，邊看著他，「我亂說的，你怎麼就當真了？」

「我也沒有多認真，不過剛好身旁就有個朋友，各方面條件都不錯，我覺得你們兩個人個性應該合得來，就想著把他介紹給妳認識一下也不錯，反正就是先當朋友吧，認識又不一定要交往，對吧？」

「我不要！那樣好尷尬。」

「哎，就當作是同學嘛！像我高中時跟妳那樣啊！又沒有叫妳一定要跟他當男女朋友或好朋友。」

我不為所動。

「總之，你死心吧！這種特意介紹的認識，我怎麼樣就是覺得怪，你不要浪費時間了。」我認真表態，「還有，以後如果我再不小心說了要你介紹男生給我認識這樣的話時，你呢，可以直接把它當成是我一時孤單寂寞恨的在發牢騷，完全可以不用當真，明白嗎？」

「但妳已經大三了耶，再這樣下去可怎麼得了？好好的一朵花都快枯掉了，還等不到有心人來摘……」

韓少武話還沒說完，我的連環流星拳已經毫不留情的落在他的手臂上。

「不說話沒人當你是啞巴。」我瞪他。「再說，戀愛有多好？你看我哥就知道，不過就是談個戀愛又失戀，整個人就像從人間掉到陰間去一樣，看起來比鬼還可怕，我這輩子從沒看我哥哭過，但光是失個戀，就被我看到他哭了好幾次，所以你說，戀愛有多好？」

「妳哥那是用情太深，但妳不一樣，我對妳可有信心的呢！妳絕對不會把愛情看得太重，妳這麼薄情寡義，只有男人會為妳哭，妳是絕對不會為男人掉一滴淚的。」

「說什麼呢？」我繼續瞪他，「我跟我哥可是系出同門啊！雖然我不輕易動心，但那可不表示我就是個絕情的人，我哥那個人長情，我跟他是同一個工廠出廠的，即便長情比不過他，也絕對不會薄情。」

韓少武看我一臉凜然，忍不住笑起來，「是是是，妳說的都對。」

「大不了，將來萬一我年華老去，還找不到可以跟我生死與共的對象時，你就娶我，我保證，我一定會好好對待你的。」

韓少武揚了揚眉，爽快的答應了。

「還有，你應該還沒跟你那個朋友說要介紹我給他認識吧？」

「還沒，怎樣？妳決定勉強一下自己，去多認識一個朋友了嗎？」

「不是。」我搖頭，「沒講就不要講了，當作沒這回事吧。」

「不後悔？對方真的很不錯喔。」

我瀟灑的說：「有緣千里來相會，無緣對面不相逢。我相信緣分。」

「好。」韓少武也瀟灑，挺我般的說：「那就直接判他出局好了。」

我馬上笑咪咪的綻開笑顏，又跟韓少武聊起他自己的感情事，他說他現在心如止水，前兩段感情已經傷透了他的心。

「太辛苦了，這樣的感情。」韓少武苦澀的笑著：「互相喜歡卻不被接受、不被祝福、不能公開的戀情，太悲劇了，也許哪一天，當我終於心灰意冷，說不定我就會走上那條最安全的路，找個女生去談一場戀愛，然後結婚，過一段平淡的、再無激情的人生，終此一生。」

我看著他，心疼起來。

「喂，韓少武，」我拉起他放在桌子上的左手，用自己的雙手，緊緊包覆住他的左手，露出深情款款的表情，說：「你呢，如果不快樂，千萬不要憋在心裡，會悶出病的。我的生命裡，有個李孟奕已經夠慘了，我可不希望你也跟他一樣活得那麼不快樂。所以，要是你真的有什麼心事，你都要記住，不管什麼時間、什麼地點，只要你說一聲，我一定馬上飛奔到你身邊來，給你最大的安慰。」

「真的？」

「真的。」我點頭。

「那如果那時妳已經有男朋友，而妳正甜甜蜜蜜的陪著他，我也可以一通電話就把妳叫來嗎？」

「這個……」我咬著唇猶豫了一下。

「看吧看吧，還說妳不會重色輕友！」韓少武一副受傷的表情。

「哎呀！」我假裝惱羞，放掉他的手，又為自己辯解，「那也要看我男朋友當時是不是也很需要我啊！你知道的，自古忠孝難兩全嘛。」

「這樣也能扯上忠孝？妳太強了！」

被韓少武用萬分敬佩的眼神一看，我虛張聲勢的氣焰瞬間被撲滅，馬上前嫌釋盡的又跟他嘻嘻哈哈起來。

然後，在歡騰得不得了的氣氛中，我接到我哥打來的電話。

「在哪？」一派兄長的詢問語氣，有時我甚至覺得他比我爸管我還要多。

「跟韓少武在吃飯，你要跟他講話嗎？」

我邊說邊對韓少武使眼色，他馬上配合的湊過頭來，靠在我的手機旁，三八兮兮的用韓語說了聲，「歐巴——」害得我雞皮疙瘩掉滿地，連忙把他推開。

李孟奕倒是一點也沒被韓少武那噁心的聲音驚駭到，依然正經八百的回答我，「不用，我還在忙。」

都在忙了還打電話給我做什麼？有沒有這麼想我這個妹妹啊！

「幹嘛？」我問。

「老媽那邊妳去幫我擋一下，今天下午我有一台刀，開得比較久，出來時才發現她居然打了十幾通電話給我，我以為是什麼要緊的事，剛才回電話給她，居然說週末有個餐會，說什麼李阿姨的姪女從美國回來，李阿姨要幫她姪女接風，就約了爸媽要一起吃飯，媽叫我一定要去，說是李阿姨叨唸著很久沒見到我，趁這個餐會順便看看我……」

我一聽完，馬上就笑了起來，「老媽的手法怎麼這麼淺？障眼法做得這麼糟糕！一聽就知道哪是什麼李阿姨想看你，分明是要介紹她姪女跟你認識吧！」

「妳知道就好。」

我哥的聲音冷到沒半點溫度，他向來對刻意安排的餐會最反感。

「那你怎麼跟媽說？」

「就說我這個週末要加班。」

「這樣不就好了？這理由充分正當啊。」

「老媽說她已經跟我們主任打聽過我這個月的班表，知道我這個週末沒排班……」

「哇！老媽這招好陰險啊！」

我哥重重的嘆了口氣。

頓時，我的心裡既悲又喜，悲的是，我們李家一脈單傳的壓力真不是旁人能體會的，喜的是，幸好我是我媽嘴裡常叨唸著的賠錢貨，所以這樣的壓力從來就沒落在我身上過。

「那我這個週末就回家一趟好了，你放心，有我在，一定保你平安沒事。」

我義薄雲天的拍著胸對我哥說，雖然我哥完全看不到我拍胸的豪氣干雲。

「那就謝謝妳啦。」我哥的聲音瞬間輕鬆不少。

「謝什麼？」我發出奸笑聲，「我可不是無償幫忙的喔！嘿嘿，老規矩，哥，來點零用錢吧！我前些時候為了給媽買個包包，已經花光我身上所有的積蓄啦。」

當然，那個包我還沒送出去，就算送給我媽，她也未必會喜歡，款式太年輕了啦，我媽肯定看不上眼。

「沒事給媽買包幹嘛？她的包包那麼多，又不缺。」

「哎，哥，你不懂啦！」

我哀嚎著，我心也是很痛的，好嗎？怪只能怪你妹眼盲，沒看清標價就衝去結帳，然後又死愛面子的硬著頭皮掏出信用卡，含淚看店員刷卡……

「我的確是不懂。」我哥的聲音毫無任何溫度，我懷疑是不是當醫生的人都比較冷血！我記得以前他不是這麼冷靜又冷漠的人啊。

「既然你不懂，那就不要懂好了，你只要懂我的銀行帳號就好，打賞費不用太多沒關係，意思意思的來個幾萬塊就好。」

「去吃屎吧妳！」

然後，我哥無情的掛我電話了。

就在我哥利用完我，又無恥的掛了我的電話後，我突然眼尖的看見從餐廳門口走進來的幾個人裡，有個我熟悉的身影……

「欸欸欸，是上次那個咖啡男耶！」

韓少武也注意到了，他撞撞我的手，怕我沒發現似的提醒我。

「我看到了。」我瞬間感覺深深的無力感，隨即又意識到韓少武叫喚他的方式，馬上神情肅穆的糾正他，「是傲冷男，不是咖啡男，不要亂給人家取綽號！」

「『傲冷男』還不是妳給人家亂取的綽號？」

韓少武不滿的小聲抱怨，但被我充滿殺氣的目光一瞪，馬上乖乖閉嘴。

真是有夠倒楣的，在學校常碰到也就算了，現在居然連在離校一段不小距離的地方吃個飯也會遇見，緣分是有這麼強嗎？命運的手就算再怎麼推，沒必要老是把聶成硯推到我面前晃來晃去吧？看得我都快食慾不振了。

聶成硯似乎並沒有看見我，只是自顧自的跟自己的朋友坐在一起，拿著菜單細細研究。

本來想問問韓少武要不要換間餐廳，我實在沒辦法在心理有障礙的情況下，愉快的吃餐點，但才正打算開口提議，服務生就開始上菜了。

韓少武完全沒注意到我臉上表情悲憤的變化，他愉悅的拿著叉子，開始吃起他眼前的開胃菜，邊吃還邊催促我趕快嚐嚐，說這間義式餐廳的餐點是網路上票選出來CP值超高的餐點。

其實我也餓了，韓少武看我遲遲不動刀叉，只好用自己的叉子，從他的傳統開胃餐八品裡叉了塊黑橄欖鰹魚放進我嘴裡。

然後他唇邊含笑的看著我咀嚼，才又問：「好吃嗎？」

我點頭，整個食慾就這樣被勾起了，我拿起自己的叉子，也開始吃開胃菜。

接著是湯品、主餐、甜點、飲料。

我吃得十分認真，大概是真的餓了，所以只有上菜的空檔，我才會跟韓少武有一句、沒一句的聊一下天，其他時間，我都安靜的埋頭苦吃。

韓少武為此取笑我。

「看來妳的小鳥胃已成絕響啦！」

「要你管。」我邊吃甜點邊瞪他，又攻其不備的從他面前挖走一匙提拉米蘇。

「喂，幹嘛偷吃我的？」韓少武愛極甜品，見我偷挖他的，也不肯認輸的想偷襲我的香蕉巧克力蛋糕。

早料到他會有這般報復行為，我眼明手快的用手擋住自己的甜點，讓他沒有進攻的間隙。

兩個人就這麼幼稚的玩了一陣後，我才大方的挖了一口自己的蛋糕，送進韓少武嘴裡。

「好不好吃？」我笑咪咪的問他。

「好吃。」韓少武點頭，「不過太甜了點，我覺得提拉米蘇比較好吃。」

「可是我喜歡它的香蕉味，很香。」說完，我又挖了一小口自己的甜品，放入嘴裡細細品嚐。

結帳時，韓少武堅持不讓我出錢，說他要請客。

「沒事幹嘛要請我？」我動作迅速的從自己的包包裡抽出信用卡，搶在韓少武之前遞給櫃檯人員，又對韓少武說：「而且上次已經讓你請吃小火鍋了，再怎麼說，這次也該是我請你。」

我們兩個人向來都是這樣的，如果上一餐是他請客，下一餐就是我出錢，誰也不佔誰便宜。

「怎麼會沒事就請客？我是因為已經找到工作才請妳的，我們教授自己成立了一間軟體公司，他請我去當他公司的工程師，起薪還不錯，現在我先兼職，等畢業後，就轉正職，到時薪水還會再重新調整一次……」

他話還沒說完，我連忙對拿著我的信用卡正要刷卡的櫃檯小姐說：「小姐小姐，妳先不要刷卡。」然後搶走韓少武手上的信用卡，遞給櫃檯小姐，笑容可掬的說：「刷這張就好，謝謝妳。」

韓少武一臉被我打敗的表情，說不出來是哀怨還是無奈。

「妳也太現實了吧！」他湊近我耳邊，低聲的說。

「我哪有？」抬起頭，我看著他清亮的眼睛，笑得甜甜。「你找到工作是人生的大事之一啊，再怎麼說，我都不能掃你的興，是不是？下次我找到工作時，一定請你吃飯，絕對不會讓你吃虧的。」

「好吧，我期待。」韓少武眨著眼。

就在我們結完帳準備要離開時，聶成硯他們那一桌人也吃飽了，幾個人一起走過來櫃檯時，聶成硯與我四目相交，我頓時無語。

倒是聶成硯身旁有個朋友直指著我，「咦」了好大一聲，才說：「妳、妳、妳……同學，妳好眼熟喔，我是不是在哪裡見過妳？」

對方還沒想起我，我倒是已經認出那個男生當天就站在聶成硯身旁，目睹一切慘案發生，他還好心的把聶成硯的名字透露給我知道。

我根本一點也不想跟他們相認啊！

他們身旁的朋友已經開始鼓譟起來，紛紛取笑那個男生把妹的手法太老套，說什麼「眼熟」之類的，就跟「妳好像是我高中同學」那種搭訕手法一樣瞎。

拉著韓少武，我只想奪門而出，那個指著我說我眼熟的男生卻瞬間恢復記憶，「啊，我想起來了，妳是那天撞倒阿硯手上那杯咖啡的迷糊妹嘛！」

迷……迷糊妹？

這人怎麼這樣啦！居然給我取了個這麼難聽的綽號。

回家的路上，我在韓少武的車上還憤憤不平的不停向他抱怨聶成硯的朋友，說他怎麼可以不經我的同意，就私自幫我取了個這麼不可愛的綽號。

「哪裡不可愛？」韓少武這回可不認同我，「我覺得迷糊妹這個綽號還滿適合妳的啊！我們認識這麼久，我怎麼就沒想到要幫妳取這個綽號呢？」

「哪有適合？哪裡適合？」我火大起來，「而且真的很難聽，好嗎？我哪裡迷糊了？雖然我常常忘東忘西，可是該精明的時候，我也是很精明的，好嗎？」

「妳只有考試的時候才會精明吧！基本上，妳確實就是個生活白痴無誤。」

「我哪有？」我不承認。

「要不，妳要不要問問妳哥，看他怎麼說。」韓少武把他的手機遞給我。

「我才不要。」我哥那人很明顯就是個吃裡扒外的傢伙，他從來就只會幫著外人來訓斥我。

「而且我覺得他們對妳已經很手下留情了，妳看他們叫妳迷糊妹，妳卻叫人家傲冷男，相較之下，他們叫妳的方式就可愛多了。」

「可愛個屁！」我還是很不能接受，哼了哼，「我覺得這個綽號難聽到爆。」

「那傲冷男呢？這綽號才真的難聽吧？」

被韓少武這麼一說，我馬上冷靜下來，睜圓了眼瞅著韓少武看，偷偷的猶豫到底要不要把我心裡的真實想法告訴他。掙扎了一下後，我還是秉持著「朋友之間，本來就不應該有祕密」的相處原則，囁嚅著說：「其實……其實我本來要叫他雞八男的，不過這樣的叫法實在有損我高貴嫻雅的氣質，所以只好修飾一下，叫他傲冷男了……」

「……」這回換韓少武無語了。

隔了幾天，我們學校附近的巷子裡，發生了一件恐怖的搶案。

事件發生時，我剛好從圖書館自習完，隻身走進那條巷子裡，往我租賃的宿舍方向前進。

平時，我都走大馬路回去，只有幾次跟林羽希一起走過這條巷子，我總覺得巷子裡路小，來往的車輛有時車速過快，驚險的畫面總讓我光想著就心驚。但那天不知道為什麼，我走著走著，就突然想換換路走，於是一個拐彎，就彎進巷子裡了。

傍晚時分，巷弄裡沒什麼人，老舊的公寓牆面斑駁，夕陽餘暉中，竟然有一種頹廢的美感。

我的前面不遠處，有一對男女正說說笑笑的走在一起，男生走在女生的左邊，身上斜背了一個書包，又背了一個粉紅色的背包，右手緊緊的圈住女生的手，一看就是戀人的姿態。

我看著他們，開始自怨自艾起來。

唉……什麼時候也可以出現一個幫我背背包的男人啊？

就在我的少女心春心蕩漾的剎那間，恐怖的搶案發生了！

有個從我後方騎車過來的機車騎士，忽然靠近我，拉住我肩上的背帶，想搶奪我的包包……

因為事情發生得太突然了，平常運動神精很爛的我，不知道為什麼，這次居然反應很快的死命抓住還沒有從我肩上完全掉下的背帶，蹲下身，結果硬是被拖行了一小段路，最後才讓歹徒重心不穩的從機車上跌落下來。

我看著摔下車的歹徒，卻沒有力氣爬起來跟他拚命，敗他所賜，我身上這條新買的名牌牛仔褲的膝蓋處已經被磨破兩個洞，膝蓋跟手肘也因為被拖行而破皮流血，痛死了……

嗚嗚嗚……人家要的是一個幫我背背包的男人，不是一個搶我背包的歹徒啊啊啊啊……

前方那對情侶明顯被這突如其來的狀況驚駭住，完全一動也不動的停下腳步看著我們。

「抓……抓住他……」

我已經腿軟沒力氣了，但理智還沒喪失，朝著那對情侶，我努力的大叫。

搶匪也不是省油的燈，他雖然摔下車，不過估計沒摔得很嚴重，還能爬起來繼續跟我搶奪我的包，我一個弱女子怎麼搶得贏他啊？沒幾秒，包包就被他成功奪走了。

然後他衝到他的機車旁，迅速牽起自己的機車，跨上車，正打算逃離現場。

那對情侶還在發呆，我心裡氣極了，那男生的反應這麼遲鈍，他女朋友到底是看上他哪一點愛上他的呢？

愛情，果然是會降低人智商的壞東西啊！

我掙扎著要爬起來，抱著頂多被撞成殘廢的決心，打算搶回我的肩包，那包包裡裝的可是我這陣子來的心血啊！都是我要考研究所的重要資料哪！歹徒搶我的重點整理要幹嘛？我又不是小氣的人，他如果有需要，跟我說一聲，我一定會大方拷貝一份給他呀！有必要這麼大費周章，弄得兩敗俱傷？

心裡正哀怨著以我的運動神經，恐怕是還沒搶回自己的包包，歹徒就要呼嘯而去時，有個身影突然從我身後衝出來，才一眨眼的功夫，那人已經撲向搶匪，抱住騎著機車正要開溜的歹徒，雙雙滾落在路旁，扭打起來了。

我的腳終於慢慢恢復知覺，於是，怒氣攻心的我，也跟著撲向歹徒，左一拳、右一腳的替自己報仇。

不知道是誰報的警，警車極有效率的在幾分鐘之內就到達了，隨後，救護車也來了，警察把歹徒上手銬，押解上車，一名好心的員警讓我跟我的救命恩人坐上救護車，說讓我們先到醫院處理傷口，隨後再做筆錄。

我這才看清楚我的救命恩人，竟然是傲冷男。

想不到，這個人原來也有熱血的一面！

在救護車上，我坐在傲冷男對面，一旁的隨車醫護人員見我們兩個人沒什麼大礙，就是身上多處擦傷，於是說要幫我們進行簡單的傷口清理。

他先過來處理我的傷口，我這個人怕痛，醫護人員才剛拿出碘酒跟消毒大棉花棒，都還沒碰到我，我就開始要哭了。

「……會痛嗎？」我抓住醫護人員拿著大棉花棒朝我伸過來的手，硬是不讓他幫我清理傷口。

醫護人員是個看起來還算帥氣的男生，他笑容溫和的對淚眼汪汪的我說：「我會小力一點，不痛的。」

「那你要輕點喔。」我點點頭，提醒他，然後抱著必死的決心，把自己受傷的手伸到他面前。

就在帥氣男醫護把消毒棉花模靠近我的傷口時，我突然又反悔的縮回手，怯怯的問他，「不清理傷口行嗎？直接幫我擦點不痛的紅藥水或紫藥水，再幫我把傷口包起來，這樣就好了，可以嗎？」

帥氣男醫護啼笑皆非的看著我，溫柔又有耐心的說：「不能不清理傷口啊！更何況妳的傷口上有那麼多的細小沙粒，不清洗的話，萬一引起感染會很麻煩的。我盡量小力一點，妳忍一下，好嗎？」

「可是人家怕痛……」我很沒用的邊撒嬌，邊掉眼淚。

「嘖！」本來在一旁冷眼旁觀的聶成硯，終於看不下去的發聲了，「那麻煩你先來處理我的好了。」

我抬眸瞥了聶成硯一眼，他還是那副冷淡的死樣子，真的很難把這樣的他跟剛才見義勇為的那個人聯想在一起。

抹抹眼淚，我看著帥氣男醫護一邊朝聶成硯手上的傷口倒碘酒，一邊拿著大棉花棒用力清洗他的傷口，光看就覺得好痛，但聶成硯很淡定的坐著看自己被清洗的受傷處，眉頭連皺都沒皺一下。

聶成硯兩隻手都是傷，右邊臉頰上還有一道傷口，鼻子也受傷了，左邊嘴角的地方還有隱約的瘀青。

好慘！

「那個……聶成硯……」我看著他，小小聲的問：「不痛嗎？」

聶成硯抬眼瞄了我一眼，不說話。

哼！裝酷給我看嗎？我又不會尖叫著喊，「哇，好酷、好帥！」眼睛裡也不會冒出兩顆愛心，更不會像花痴少女一樣把他當偶像……他到底為什麼要這麼踐？

見他不理我，我只好眼觀鼻，鼻觀口，口觀心的靜靜坐在一旁。

沒多久，帥氣男醫護清理完他雙手的傷口，簡單的包紮過後，就開始處理他臉上的傷口。

我看著聶成硯因為我而受傷的帥氣臉龐，開始覺得對他有些抱歉。

即使他擦藥時哼都沒哼一聲，但我還是能感覺他身上的傷口一定很痛，就像我雙手雙腳上的擦傷一樣，正一陣一陣抽痛著。

方才，他跟搶匪扭打著時，我看見那個搶匪甩著我的包包，一下又一正的朝聶成硯的頭打。

那裡面可是放了三本原文書，跟一本商用英語會話辭典，幾本書加起來，用來K

人雖然不至於會出人命，但用來打頭，會不會變成智障，這就不是我能保證的了。

「聶成硯，如果……如果很痛，你叫出來沒關係，我不會笑你的。」忍了一下下，我還是忍不住又跟聶成硯說話了。

帥氣男醫護抬頭看了我一眼，嘴邊有藏不住的笑意。

但聶成硯還是一臉冰冷樣。

「……或是如果你真的忍不住，想哭也沒有關係，我會當作沒看見。」見聶成硯不理我，我又強調了一次。

聶成硯這回終於正眼瞧我了。

被他那冷漠的漂亮眼睛一瞧，我本來還有些萎靡的神色馬上像得到鼓舞一樣的瞬間振奮起來。

再怎麼說，他也是因為我才受傷的，不是嗎？

從小我爸就教育我們要「得人一尺，還人一丈」，再怎麼說，欠人的，總是要找機會還回來的。

我看著聶成硯，十分認真的對他說：「你放心，如果你不小心毀容了，我一定會對你負責的！」

然後我看見聶成硯的嘴角在抽搐……

一直到進醫院前，聶成硯都不肯跟我說話，也不再正眼瞧我了。

我試著跟他說話，但他就是完全無視我。

好吧！看在他是我救命恩人的分上，我就暫且不要跟他計較他的沒禮貌了。

帥氣男醫護幫我清理傷口時，我又很沒用的掉下眼淚，掙扎著不讓帥氣男醫護再幫我處理傷口，大概是聽到我吸鼻子的聲音，聶成硯終於轉頭瞄我一眼，那眼底還有譏諷的意味。

這麼痛，聶成硯剛才為什麼連哼都沒哼一聲？

男人的面子果然是他們的命，為了不讓自己在別人面前丟臉，竟然可以忍受這麼大的痛苦。

到醫院後，醫生安排聶成硯跟我去照腦部跟四肢的X光，幸好我們兩個人都沒什麼大礙。

之後警察又來醫院幫我們做了簡單的筆錄後，就讓我們回家了。

我打電話請韓少武來接我，他住的地方離醫院近，聽到我在電話裡說我在醫院，韓少武的語氣馬上緊張得就像我不小心有了他的孩子一樣。

不讓他有在電話裡向我問東問西的機會，我說：「反正你快來。」然後很帥氣的掛掉電話。

一轉身，發現聶成硯已經往公車站的方向走，我連忙朝他跑過去。

「聶成硯，我朋友等等就來了，他有車，讓他送我們回學校去吧！反正我們兩個人同方向，順路嘛。」

我跟在聶成硯後面走，看著他比我高出一顆頭的後腦杓。

聶成硯的頭髮很漂亮，看起來很細很柔，好像很好摸的樣子，還黑得很有光澤，他這種頭髮要是讓我的髮型設計師看到，一定會大讚他的髮絲又健康又強韌。

「不用。」聶成硯不帶任何感情的聲音飄過來。

我皺了皺眉，這個人怎麼這麼難溝通？

「真的很順路啦。」我加快腳步，衝到聶成硯面前擋住他。

聶成硯大概是被我這突如其來的動作嚇到，他停住，有些不耐煩的看著我，幾秒鐘之後，他不發一語的繞過我，重新朝公車站走去。

我愣了愣，反應過來時，我看見自己的手已經抓住他身後的衣服。

聶成硯又停下腳步回頭看了看我，再把目光朝我拉著他衣服的那隻手瞧了瞧，我馬上心領神會的鬆開手，對著他擠出笑容。

怕他又像剛才那樣冷漠的丟下我往前走，我討好般的對他說：「我很謝謝你今天為了救我而受傷，看你傷成這樣，我很內疚，為了回報你，你可以答應讓我朋友也順道送你一程嗎？」

聶成硯瞅著我看，依然沒說話。

「你放心，我朋友他人很好的。」我抓不住重點的強調。

「妳不用內疚，不管是誰看到這種情形，一定都會來幫忙的，這沒什麼，妳也不用放在心上。」

說完，他一個轉身，又不理我的走掉了。

我這個人啊，有個怪癖，就是不喜歡輕易認輸。

聶成硯越是不搭韓少武的車，我就越是要說服他。

我邊跟在聶成硯身後走，邊思考要用什麼方式才能成功說服他跟我一起搭韓少武的車回學校去，結果一直走到公車站牌前，我還是想不出來要用什麼方式說服他。

聶成硯也不理我，走到公車站後，他先看看公車站牌上的公車路線圖跟車次，然後掏出手機，一邊等公車來，一邊玩起手機遊戲。

我站在他身旁，好奇的墊起腳尖看了眼他在玩的是什麼遊戲，發現他居然跟我玩的手機遊戲是同一款。

那是一款以三國時代為背景的３Ｄ手機遊戲，我玩的是皮很厚的近戰系，而聶成硯玩的是血很薄的弓箭手。

聶成硯的等級跟我差不多，只比我高一級，他一進入遊戲後，就直接挑了個難度困難的單人副本玩起來。

我在一旁邊看邊冷笑，這人也太自不量力了吧！我皮這麼厚的近戰一進入那個副本，走沒一半就被怪咬死了，他一個血薄的弓箭手能厲害到哪裡去？

結果，聶成硯居然一路過關斬將，血還掉沒多少，就打完一個副本了。

我的譏笑馬上變為崇拜。

「你怎麼辦到的？」忍不住，我開口問他。

聶成硯轉過頭來看我，一臉不解。

「這個啊，」我指指他的遊戲畫面，說：「這個副本我怎麼玩怎麼死，為什麼你可以這麼輕鬆的就打完？我還是近戰系呢！」

「實力。」

「啊？」

然後，我馬上會意過來他剛才說的是「實力」兩個字……這個男人，真的非常的不可愛！

接著，聶成硯更無恥的進入一個比剛才那個副本更難一級的單人副本，一路如入無人之境的衝鋒陷陣，然後愉快的全身而退，領了一盒武器箱，一打開，居然還是把頂級紫武，我只覺得一陣頭暈……

要炫耀也不是用這種方式吧？真是太令人髮指了！

於是我很無恥的掏出自己的手機，進入遊戲畫面，厚臉皮的把我的手機直接遞到聶成硯面前，說：「你幫我看看，我這個到底是哪裡出了錯，明明也才小你一等，還是個皮厚攻高的坦，怎麼就是過不了你剛才玩的那個副本？」

聶成硯不理我。

我也不是什麼省油的燈，不管聶成硯再怎麼無視我，我依舊纏著他，要他幫我看看我的裝備或武器到底是哪裡需要加強。

大概是我的執拗讓聶成硯受不了的妥協了，就在我第十四次把自己的手機遞到他面前時，聶成硯終於嘆了口氣，從我手上拿走手機。

他只看了一下就說：「裝備太爛，妳要穿套裝才行，紫武要配綠衣，不是全部都是紫的才是好的，套裝有加乘效果，附加屬性也不好，盡量撐高破招跟爆擊，有空把裝備拿去洗鍊一下，效果就會出來了。」

聶成硯一說完，我有如醍醐灌頂，馬上就明白過來了。瞬間，我對聶成硯的崇拜又往上加了好幾層。

我偷偷的睨了他一眼，嗯……突然覺得他這個人好像也沒那麼討人厭嘛！雖然面癱得很嚴重，但是，心腸說到底還是好的呢！而且光他可以把一個手機遊戲玩得這麼出神入化，我就應該要屏除己見，直接拜他為師。

難得遇到一個大師級的人物，我怎麼能錯過教學相長的機會？捧著手機，我還想要問問題時，手機卻突然不識相的唱起歌來。

「李孟芯，妳在哪裡？我已經到醫院旁的停車場外面了。」韓少武著急的語氣從電話裡傳出來。

「醫院外的公車站牌前。」我說：「你先過來吧。」

然後我一點也不浪費時間的直接又掛了韓少武的電話。

接著，我又問了聶成硯幾個遊戲裡的問題，聶成硯依然是那副不耐煩的冷酷模樣，但我已經漸漸習慣他的冷漠，反正有的人就是天生機車臉、死個性，那也是沒辦法的事……我這個人的適應能力是很好的！

聶成硯冷淡歸冷淡，對於我丟出去的問題，雖然不會照單全收，還是會挑幾個重點回答，不是完全的冷酷無情。

我對他的要求也不高，大概是崇拜的心理在作祟，居然也不覺得他淡漠的表現有什麼不好……慣性，真的是種可怕的東西啊。

韓少武的車子停在我們身邊時，聶成硯要搭的公車還沒來，我死求活拖的，終於還是把聶成硯推進韓少武的車子後座，看他一副無可奈何的妥協表情，我的心情突然變得很好，蹦蹦跳跳的坐進副駕駛座。

韓少武一見坐在後座的是聶成硯，馬上露出驚訝的表情，看向我，又管不住嘴的問了句：「妳怎麼會跟傲冷男在一起？」

他話一出口，我馬上就有被捅了一刀的無力感。

我拉拉韓少武的衣袖，要他馬上閉嘴不要再說話了，又做賊心虛的轉頭過去看了坐在後座的聶成硯一眼，擔心這個脾氣大、個性又古怪的傢伙會不會突然不爽就直接表演跳車的戲碼，不過我的擔憂顯然是多餘的，觸及我朝他凝望而去的目光時，聶成硯只是挑了挑眉，什麼話也沒說。

不得不承認，有的人就是氣場強大，他即使什麼話都沒說，我還是能從他的眼神裡感受到一種冷然的感覺……於是有股寒意就這麼從我的腳底竄升上來。

一路上，整車子裡都是韓少武跟我的聲音，聶成硯依然維持一貫的寡言少語，沉默到讓我幾乎就要忘了我們車上還有他這個人。

韓少武把車子開到我們學校南二門，讓聶成硯下車。

聶成硯禮貌的向車上的我們道謝，露出難得的笑容。

第一次看見他笑，我有些怔愣。

原來他笑起來是這麼的好看！

他道謝完，轉身就要走進校門裡，我卻突然推開車門，在韓少武驚訝的眼神中，衝向聶成硯。

我拉住聶成硯的手，在他錯愣的目光裡，傻愣愣的朝著他笑。

「謝謝你今天幫我，時間這麼晚了，不如，我請你吃頓飯吧。」我晃晃自己的手機，怕他拒絕我，又強調，「而且我的遊戲，你也幫了不少忙，所以不管怎麼說，我這是一定要請你的。」

「妳的遊戲我哪有幫上什麼忙？」聶成硯看著我，眼睛清亮得英氣逼人，我怎麼突然覺得他好帥？

哎，我一定是犯花痴了！這是沒有男朋友的副作用嗎？

「有的有的，」我用力點著頭說：「你告訴我要怎麼加強裝備，還說了我的職業要強化什麼屬性，以前我玩遊戲就是玩遊戲，根本沒想到那麼多，如果不是你提點我，我都還不知道原來套裝跟屬性對遊戲職業有加乘效果。」

「如果不是純打發時間，還是要去遊戲論壇多爬文，有事半功倍的成效。」

我受教的乖乖點頭。

「請客的事就不用了，我受之有愧，再見。」

說完，聶成硯就很瀟灑的轉身走了。

本來我還要再追過去，但腦袋裡突然浮現我哥曾經對我說過的，「會纏人的女生最可怕了，就算長得再漂亮，也是扣分。」

為了不讓聶成硯覺得我是個可怕的女生，我只好安靜目送他的背影離去。

回到車子裡，韓少武嘴角含笑的盯著我。

我當然知道他的疑惑是什麼，但我不想解釋，只是可憐兮兮的向他撒嬌，「我餓了，帶我去吃點什麼東西吧。」

「沒問題。」

韓少武也不多問，車子開了就直接走，有時候，我覺得他真的滿上道的，非常的會看我的臉色，知道什麼時候可以開口說話，什麼時候就應該乖乖閉嘴。

我們去吃了韓少武的朋友推薦的日式拉麵，我還特地請老闆幫我加麵，一整個像餓了八個世紀一樣，瞬間掃空我碗裡的食物。

吃飽了，心情也舒爽了，我這才主動向韓少武交代今天傍晚我被搶的恐怖經過。

我盡量說得輕描淡寫，韓少武卻聽得心驚膽跳。

「這件事，你一定要幫我保密，尤其是我媽，千萬不要讓她知道，不然依她那脾氣，肯定把小事鬧大，搞不好我就有機會出現在報紙版面了。」

這真的是我媽會做出來的事！她就是那個脾氣。我哥說，那是寂寞貴婦的無聊心事……講白一點，就是……沒事找事做。

韓少武跟我媽的感情好到兩個人可以用line聊一整個晚上也不覺得煩，他十分會討長輩歡心，老能把我媽那顆寂寞芳心逗得心花朵朵開。有一次我打趣的跟我媽說：「要不，妳就收他當乾兒子，這樣他就能光明正大的進進出出我們家，你們也不用老是靠手機關心對方啦。」

「要不，妳乾脆就當他女朋友，這樣人家問起來時，我也可以光明正大說出你們兩個人的關係，不用老是支吾半天說不出個所以然來。」我媽這樣回我。

那次，我跟我媽的談判徹底破裂。

韓少武送我回住處時，我在電梯門口遇到正好下班回家的林羽希，她一見到我手上的傷，跟腳上那條磨破了兩個洞的牛仔褲，緊張的抓著我問狀況。

「沒事，就是傍晚在旁邊的那條巷子裡遇到一個搶匪，不過幸好他已經被警察抓走了，所以我們安全了。」我笑笑的。

「妳都受傷成這樣還說沒事？誰信啊！」林羽希抓著我，前看後瞧的，確定我身上的傷就那幾個地方，才稍稍安心下來，「以後不要再走那條巷子了啦，人煙稀少，超不安全的。」

「好的好的。」我點頭允諾。

回到家，林羽希從她房間拿來了個名牌包小吊飾，遞給我，「送妳。」

「怎麼有這個？」

我拿著製作精巧的小包吊飾這邊看看、那邊摸摸的，喜歡極了，這吊飾上還有林羽希打工地方的包包 logo，可愛到一個不行。

「跟我們店長拜託好久才要來的，本來是VIP客戶才有，因為是玫瑰金的，聽說成本比較高，所以沒辦法讓每個客戶都拿到。我看很可愛，覺得妳應該也會喜歡，就一直死纏爛打我們店長，終於讓她煩到受不了，拿了一個給我。」

我聽了只覺得好笑，林羽希纏人的樣子我還真的沒看過，她基本上跟聶成硯是一個樣，看著像是無欲無求、波瀾不驚似的，不管對什麼事，好像都很淡定又不在意，不過我知道，那只是表面。

我到底還是看過林羽希為愛痴狂的模樣，明白她就是標準的外冷內熱。

林羽希沒吃晚餐，回家前，自己跑到附近的麵攤買了碗陽春麵回來當晚餐。

她在客廳吃著麵，我坐在她對面，一邊看她吃麵，一邊對她說起聶成硯今天的英勇事跡。

林羽希知道我對聶成硯沒好印象，聽我此刻提起他時，那滿口崇拜的語氣，和談到他時不知覺而閃閃發亮的目光，突然笑起來。

「怎麼？他的英雄救美讓妳對他這個人改觀了嗎？我看妳說起他來眉開眼笑的。」林羽希取笑我。

「一半。」我說，賣弄關子的等她追問我為什麼答案是「一半」，那另一半是什麼呢？

結果她卻什麼也不想問，只是看了看我，又低下頭去繼續吃她的麵。

五秒鐘後，我自己先憋不住了，戳戳林羽希拿著筷子的那隻手手背，不滿意的問她，「妳怎麼不問我另一半是什麼？」

「反正妳自己忍不住就會講了。」林羽希倒是沉得住氣。

「哼，那我不說了，讓妳自己去好奇。」我雙手抱胸，像耍脾氣似的把頭扭開抬高，不看林羽希。

結果，半分鐘後，我自己憋不住了。

「因為他很會玩遊戲。」我宣布答案。

林羽希咬著麵條，抬眼看我，「玩什麼遊戲？像老鷹抓小雞那種嗎？」

我忍不住白了她一眼。

「是線上手機遊戲啦。」我說著說著，又興奮起來，「妳知道嗎？今天在公車站前等韓少武來接我們的時候，聶成硯掏出手機玩遊戲，我才知道原來他跟我玩的是同款，雖然他只比我高一等，不過說不定他去ＰＫ比他高五等的人都不見得會輸呢！他還跟我說了強化攻擊力的方式，我真的覺得他很強，是神人級的，等等我要來看排行榜，看看他排在第幾名。」

林羽希不玩遊戲，所以當我說這些話時，她完全沒任何反應。

我突然覺得我是在對牛彈琴……嗚嗚嗚。

哼哼唧唧的忍著手腳的傷口疼痛洗過澡後，我馬上爬回床上，掏出手機進入遊戲畫面。

聶成硯的遊戲角色叫「水清石見」，我查了一下戰力排行榜，發現他的等級雖然不是最高等，戰力卻在遊戲的前十名裡。

於是，我用我的遊戲角色申請把他加為好友。

我的好友申請才送出去沒三秒鐘，就得到回覆了，我成功的……被拒絕了！

我看著自己的手機，挫折了幾秒鐘後，決定密頻他。

今天他玩遊戲時，我認真記住了他的遊戲角色名字——水清石見。

芯芯向榮：哈囉哈囉，聶成硯，是我是我（揮手）

水清石見：請問您哪位？

芯芯向榮：今天讓你充分發揮英雄救美潛質的那個美女啊。

水清石見：抱歉，您認錯人了，我今天並沒有救到美女……

我一口老血差點從嘴裡噴出來！這個聶成硯應該要跟韓少武多學學怎麼討好女生才對。嘴巴這麼不甜，是要怎麼交女朋友？

沒關係，我人美心地好，看在他今天冒死救我的分上，我就姑且大人不計小人過，先不跟他計較了。

我繼續密他。

芯芯向榮：我可以加你爲好友嗎？

水清石見：不可以。

芯芯向榮：……

過了兩秒鐘，我堅強的收拾起被刺痛的小心靈，不屈不撓的再度密他。

芯芯向榮：不要這麼絕情嘛，大家都是地球人嘛！

水清石見：……………

芯芯向榮：拜託嘛，我以後還有很多問題可以請問你，加了朋友好辦事嘛。

水清石見：……………

見聶成硯沒再拒絕，我當他是接受了，於是再接再厲加他好友。

正所謂「精誠所至，金石為開」，這次，聶成硯接受了我的好友邀請，我望著自己的好友欄裡新增的「水清石見」這四個字，花痴般的傻笑。

但開心的心情維持不到三秒鐘，「水清石見」再度從我的好友欄裡消失，我以為聶成硯下線了，把好友欄往下拉，但在那些離線的朋友名單裡，依然看不見「水清石見」。

芯芯向榮：聶成硯，還活著嗎？

我又丟了個訊息過去。

水清石見：……

幸好，他還活著！

芯芯向榮：我剛才加你當朋友了，但不知道爲什麼，你又從我朋友欄裡面消失了，該不會是……系統bug？

水清石見：我手滑了。

芯芯向榮：手滑的意思是……？

水清石見：我在打副本，不小心手滑按到接受，所以馬上又刪除了。

芯芯向榮：……

這人怎麼這麼頑固？不過就是遊戲裡加個朋友嘛，居然龜毛成這樣！難不成我會像虎姑婆一樣的啃了他？

芯芯向榮：那我再邀你加一次好友好了。

打完字，我怕他又拒絕我，於是又補了一句……

芯芯向榮：拒絕我的就是烏龜！

為了不讓自己變成烏龜，這一次，聶成硯終於勇敢接受我的好友邀請了。

看見他的名字出現在我的好友名單裡，我還是有難以言喻的激動。

這個人可是遊戲裡的高手啊！想想我在線上認識的那一大堆朋友裡，就只有他在攻擊力排行榜上，有這樣的高手朋友，多少能滿足一下我那傲嬌少女如夢般的虛榮心……以後的副本，我決定都靠他了。

芯芯向榮：你在幹嘛？

這次，聶成硯沒有馬上回我，我也不急，就邊等他回應，邊自己解每日任務賺經驗。

過了幾分鐘後，我看見遊戲系統裡跑出一條訊息，「水清石見在擂台賽裡壓倒群雄，雄霸一方」。

原來是跑去玩擂台賽了，難怪沒空理我。

芯芯向榮：可以帶我去解個寶庫副本嗎？我想要一把七十級的紫武……拜託。

我丟出訊息後，又送出一個可憐兮兮的大眼乞求表情，本來也沒抱多大希望，習慣聶成硯那種冷漠的調調後，被他拒絕，我覺得已經是一種正常的下場，頂多就是繼續拿著我的六十級紫武玩，再黏著公會裡的人，看有沒有人願意去打多人副本時帶上我一起去刷個寶回來。

想不到在我完全不抱任何希望時，聶成硯竟然對我提出組隊的邀約。

我足足愣了兩秒鐘，才興高采烈的按下同意，然後發現自己的嘴邊竟然有笑意，心臟的位置也鼓鼓的，好飽滿的感受。

不過就是一個副本，我竟然非比尋常的開心。

一定因為聶成硯是高手的關係，我想。

我們兩個人約在城裡的王城車夫前碰面，然後一起進入副本。

一進入副本裡，聶成硯就開始殺怪，他的動作又快又華麗，清怪的速度之快啊，已經到了令我眼花撩亂、瞠目結舌的地步。

平時我跟公會的人一起玩副本時，多少也能算是主要攻擊手，但一跟聶成硯站在一起，就瞬間淪落為花瓶……中看不中用了，唉。

聶成硯以一敵十，很快就打完一個副本，結束時，我領了個禮盒，打開前，我還閉眼祈禱了一下才按了開啟，結果是……一把高階的綠武！

我把綠武po在隊頻裡給聶成硯看，哀怨的說：「不是紫的，是綠的。」

聶成硯也把他開到的武器po給我看，竟然是把素質很好的紫刀！

太不公平了！為什麼連給武器也會挑人給？

聶成硯的角色拿的武器是弓，為什麼偏偏把我要的紫刀給了他？他拿刀又沒有用，難道要拿來剁雞肉？

偏偏我們這款遊戲裡的武器不能贈送，要嘛就丟拍賣行拍賣，要嘛就分解，拿分解出來的高階石頭衝自己的武器等級。

水清石見：眞可惜，讓我開到了，但我用不到，只好分解了。

聶成硯在隊頻裡語帶炫耀的說，我那個心哪，真的是一整個痛啊！

這人這麼暴殄天物，一定會得到報應的，哼哼。

我悶悶的不說話，沉默了兩分鐘後，聶成硯又在隊頻裡丟出訊息了。

水清石見：我今天還有兩場寶庫副本，再帶妳玩兩場吧。

芯芯向榮：耶，好棒。

我的鬱悶瞬間一掃而空，馬上又覺得聶成硯真的是個大好人，他一定會好人有好報的。

於是我又開開心心進入寶庫副本裡去當個看熱鬧的花瓶，進場時按了跟隨，就輕鬆鬆鬆拿著手機看聶成硯清怪。

原來，有人保護的感覺這麼開心啊！難怪遊戲裡一堆女角的身邊總有個高手包養……突然覺得，如果聶成硯願意在遊戲裡包養我，那我也是不反對的……

於千萬人之中遇見你所要遇見的人，於千萬年之中，時間的無涯的荒野裡，沒有早一步，也沒有晚一步，剛巧趕上了，沒有別的話可說，惟有輕輕地問一聲，「喔，你也在這裡？」

——張愛玲

林羽希生日那天，是韓少武跟我幫她慶生的。

這一陣子，她跟她男朋友處得不太好，據說是因為她把自己的時間填得太滿，上完課就去打工，沒打工的日子，她就用來找報告、寫報告，一整個星期相處的時間，有時連三個小時都不到。

林羽希的男朋友為此抗議過很多次。

林羽希不是會跟人大吵大鬧的那種女生，她不開心時只會繃著一張臉不說話，遠遠的，你都能清楚感受到從她身上散發出來「生人勿近」的寒氣。

所以他們每次鬧意見完，就是一段時間的冷戰。

每當他們冷戰，林羽希就會變得話很少。她不太向人訴苦，很少主動對我傾訴她心裡的委屈，總是要我纏著她問，她才肯輕描淡寫的把事情交代一遍。

她就是那種報喜不報憂的脾氣。

身為朋友，我可不能眼睜睜看著自己的好朋友受委屈，所以她男朋友不幫她過生日沒關係，我就偏要把她的生日過得熱熱鬧鬧、歡歡樂樂的。

韓少武跟我，瞞著林羽希買了一個造型翻糖蛋糕，和一雙她喜歡了好久始終花不下錢添購的小牛皮高跟鞋，還有一件我覺得她在嚴冬下班回家時或許會需要穿到的白色羽絨衣。

然後，我偷偷打電話給林羽希的店長，希望她能在林羽希生日時放她一天假。

林羽希的店長很乾脆，知道那天是她生日，馬上二話不說答應會再找人來代林羽希的班，要我們好好帶林羽希去玩。

突然被通知不用上班的林羽希還不知道到底發生什麼事，她徹底忘了自己生日的日子，下課時，還抱著幾本書說要去圖書館找投資學的報告資料。

「哎呀，妳難得休假，找什麼資料啊？」我拉住她，不讓她去圖書館，「反正我晚上也沒事，韓少武約我去唱歌，妳也一起來吧，人多熱鬧些。」

我跟林羽希去唱過兩次歌，她的歌聲可好的呢，要是被挖去當歌星，肯定能大紅大紫，偏偏她不嚮往螢光幕前的生活，只想平平凡凡當個胸無大志的白領上班族。

林羽希搖頭，「可是我的報告還落後一大截啊。」

「沒關係，大不了叫韓少武幫妳寫報告，他那個人寫報告的功力可是一流的，每次交出去的報告都被教授們大力讚揚。妳別擔心，只要我交代下去，妳的報告絕對會沒問題的安全過關。」幫韓少武招攬工作可是我的拿手絕活呢。

林羽希還是搖頭，完全不讓我勸說。說服到最後我都急起來了，差點打電話叫韓少武過來把她綁走。

到後來，我開始求她，連「妳看我一個女生跟個男生去KTV，萬一被怎麼樣了，該怎麼辦」這類的爛理由都搬出來了……要是被韓少武知道，他一定會當場吐血身亡。

拗不過我的死求活賴，林羽希只好無奈的答應我。

到了KTV，我熟門熟路的坐到點歌機前，一連串點了好幾首輕快的歌，就連范曉萱以前唱的〈豆豆龍〉，我也點了，謝金燕的〈姊姊〉，我更不能不點。像生日這種愉快的大日子，誰要再點那種哭天搶地的失戀情歌，我肯定跟他拚命。

就算是眼淚，也必須是快樂的才行。

一開始，林羽希還矜持的坐在一旁喝飲料，我唱完三首歌後，硬把一支麥克風塞進她手裡要她陪著我唱，唱著唱著，她也唱開來了，自己又加點了好幾首歌。

「今天是快樂的日子，說好不准點悲傷的歌喔。」

林羽希點歌前，我這麼對她說。

韓少武第一次聽到林羽希的歌聲驚為天人，偷偷問我，她怎麼不去參加唱歌比賽，拿到的獎金肯定比她打工一年賺的錢還多，要是被唱片公司相中，簽去當歌星，也比在名牌包店對客人彎腰鞠躬強好幾倍。

「我跟她提議過了，但她淡泊名利啊。」我說。

「那真是可惜了。」韓少武搖頭，一臉無限婉惜的模樣。

「可惜什麼？」我瞪他，忍不住又調侃他幾句，「難不成你手上有唱片公司的股票，或是你有招攬新人的壓力？」

「哎，妳不懂！我是看準她一定會大紅，所以打算毛遂自薦當她的經紀人，說不定下半輩子就靠她吃香喝辣了，還能接近許多大明星，一舉數得，多好。」

「好什麼好？」我瞪得更用力了，「要當經紀人也是我去，哪輪得到你？嘖！」

韓少武說不過我，摸摸鼻子，乖乖的坐到一旁角落去，盯著點歌機，等待我點的〈快樂鳥日子〉出來時，就要把林羽希的蛋糕捧出來，給她個大大的驚喜。

當〈快樂鳥日子〉的ＭＶ出現在螢光幕上，我跟林羽希一人拿著一支麥克風唱得正歡樂時，韓少武抓準時機，從我們包廂的廁所裡捧出點上蠟燭的蛋糕，穩穩的走到林羽希面前，我也配合情境的拿著麥克風大喊，「生日快樂！」，然後送上一個大大的擁抱。

對任何事一向都淡定的林羽希，先是像嚇傻了一般的直愣愣站著，後來，她眼眶紅了起來，吸吸鼻子說：「你們……幹嘛呀？」

「沒幹嘛啊，就是給妳過生日嘛。」我透過麥克風發出來的聲音，迴盪在整個包廂裡。

「又不是什麼大日子，幹嘛還買蛋糕？浪費錢。」林羽希又吸了一下鼻子。

「花在妳身上的，怎麼能算是浪費？」我忍不住對林羽希甜言蜜語，「還有更浪費的呢。」

說完，我馬上衝進包廂廁所裡，把我們事先藏好的禮物拿出來，遞到林羽希面前。「鏘鏘！打開來看看。」

林羽希先抹了抹眼睛，又吸了吸鼻子，才慢慢伸出手打開其中一個包裝得精緻的禮盒。

當她拆開時，看到那雙她喜歡了好久的名牌高跟鞋，突然轉頭，眼睛紅紅的看著我，說：「這雙鞋很貴欸。」

我點點頭，微笑，「對。而且人家說不能隨便送鞋給別人，不吉利，所以，等等妳要拿一塊錢給我。」

林羽希嘴邊憋不住笑，欣喜的摸了摸那雙讓她眼睛發亮的高跟鞋，又對著我說：「小氣，連一塊錢也跟我收。」

「必須的啊。」我嘻嘻笑，「我總不能害妳因為拿了我們送的鞋結果跑路，對吧？」

「那我給兩塊錢吧！妳跟韓少武一人一塊錢，省得兩個人為了那一塊錢吵架，看我多大方！」

聞言，韓少武跟我同時笑出聲來。

林羽希又拆了第二個禮物，拿出那件雪白色的羽絨衣時，她低叫了一聲，突然把頭埋進我的肩窩裡。

「……李孟芯，妳可不可以不要老做出這麼催淚的事？妳害我都想哭了。」

我笑得更得意了：「就是知道妳需要才買的，朋友如果不能知妳懂妳貼心妳，那這個朋友交了要幹嘛？」

林羽希吸鼻子吸得更用力。

半晌，她抬起頭，看著我，「妳不要每次都為我花這麼多錢，上次買包包幫我做業績已經花了妳不少錢，這次我生日妳又這樣！搞得好像我是被妳包養似的。」

「要包養妳，這出手就顯得太小家子氣了，妳的價值絕對遠高於此。」

我嘴上抹蜜一般的說。

「好了好了，快吹蠟燭啦！我捧蛋糕捧得手都瘦了。」一旁本來安靜無聲的韓少武終於忍不住出聲，抬了抬自己手上的蛋糕，也是一臉笑意。他看著林羽希說：「快點快點，蠟燭都快燒完了。」

林羽希湊過嘴去，馬上就要吹蠟燭，韓少武馬上眼明手快的把蛋糕移到一旁去，提醒她，「哎，要先許願啊！生日許願最準了，不可以浪費呀，來，許三個。」

提醒完，韓少武再度把蛋糕捧到林羽希面前。

林羽希雙手合十，放在下巴，閉著眼說：「我許的第一個願望是，希望我的朋友們永遠都健康快樂。第二個願望是，希望李孟芯跟韓少武永遠都是我的好朋友，感情萬年不變、歷久不衰，第三個願望是……」

我豎起耳朵，打算偷聽林羽希的第三個願望，哪知，她卻突沒了聲音。

幾秒鐘後，林羽希睜開眼，用力的吹熄蠟燭，我看見她眼睛亮晶晶的，有掩飾不住的快樂。

那一瞬間，我突然覺得，一切都好值得了。

唱完歌，已經將近九點。們走出包廂時，在電梯門口正好巧遇到另一批也剛唱完歌的人，其中有個人叫住我。

「芯芯。」

是個陌生的聲音，不過叫得卻很親密，我不用回頭也知道叫住我的是誰，全世界大概也只有那個人會這樣子叫我。

我側過臉去，看著那位見證聶成硯跟我相識過程的學長，他也跟我們一起玩手機遊戲，和聶成硯一樣也是個高手，不過他玩的是法師的角色。

因為我老纏著聶成硯帶我去解副本，幾次一起組隊之後，這位學長順理成章的也認得我了。

他跟聶成硯可以說是完全不同類型的男生，聶成硯是個冷男，而他卻是個人見人愛的大暖男。

在遊戲裡第一次見面，他就親膩的叫我「芯芯」，自動把我遊戲ＩＤ「芯芯向榮」的後面兩個字去掉，一開始我當然也不適應，不過被叫久了，自然也就習慣了，還覺得他叫我「芯芯」比聶成硯叫我「喂」的方式親切多。

聶成硯大概也跟他提過真實世界裡的我，加上之前遇見過幾次，所以他才能一眼就認出我來。

我朝他微笑，用了遊戲裡我稱呼他的方式叫他，「龍哥。」

眼睛偷偷往人群裡張望，果然看見聶成硯也在，還是萬年不變的冷然姿態。真想不到他那種人居然也會來ＫＴＶ這樣歡樂的地方，我以為他會去的場所只有圖書館跟研究室而已呢！

龍哥走過來，一臉溫暖燦笑，問我，「晚上還要不要去副本？龍哥今天帶妳解三趟寶庫，看看有沒有機會開到妳要的紫裝或紫武。」

「當然要。」我小雞啄米似的狂點頭，見獵心喜的揚著笑。

一面笑，還一面偷偷又瞥了聶成硯一眼，他仿若我是個路人甲似的完全沒看我，正跟身旁的一個朋友交頭接耳的說著話。

突然間，我有一點點的不舒暢。

這個人，為什麼老當我是個陌生人？明明都一起玩遊戲一段時間了，就算沒熟透，至少也有七、八分熟了吧！但他老是擺出像是跟我第一次見面的生疏樣。是有這麼難相處嗎？

好吧！我再怎麼說也是有自尊心的，他既然無視我，我當然也要禮尚往來的無視他，哼哼。

又跟龍哥哈啦了幾句，我們才分頭搭乘兩部電梯下樓。

才剛到樓下，又遇到聶成硯他們那夥人，我還是微笑的只跟龍哥道別，又順便偷瞅了當我是透明人的聶成硯一眼，依然不能克制的生氣他這麼漠視我的行徑。

站在KTV外等韓少武從停車場開車出來載我們時，林羽希好奇的問了我，「剛才那個是妳遊戲裡認識的人？」

我點頭。

「聶成硯是不是站在後面跟朋友聊天那個穿黑衣服的？」

我又點頭。

「你們不是天天都一起玩遊戲嗎？怎麼他沒來跟妳打招呼？」

問到我的痛處了……我怎麼知道他為什麼不來跟我打招呼？我也很想知道啊！

「他應該是……王子病發作吧！」再不然就是「大姨丈」來找他！

林羽希知道我在玩手機遊戲，之前只是打發時間，有時兩、三天才玩一下下，是常有的事，但最近似乎就沉迷多了，幾乎只要我一回到家，就會拿起手機來玩。

我說，應該是遊戲裡找到玩伴的關係。

但其實，我自己知道這樣的回答，只是表面的說法。

不知道從什麼時候開始，我只要一上線，就會先打開好友欄，搜尋聶成硯有沒有在線上，如果他在，我就會很開心，會密頻他，像顆橡皮糖一樣跑去黏著他。

如果聶成硯沒上線，我就會心情失落的尋找龍哥的蹤跡，纏著龍哥跟我組隊，再利用跟他東奔西跑解任務的時刻，有意無意的問他知不知道聶成硯上線的時間。

龍哥跟聶成硯都住在學校的男生宿舍裡，都是我們電機系研一的學長，兩個人平時除了一起上課、寫程式，幾乎一有空檔時間就會上線解任務或掛網，龍哥說聶成硯跟他從大學時期開始感情就很好，「是焦不離孟，孟不離焦的那種交情。」龍哥這麼形容自己跟聶成硯。

所以要掌握聶成硯的行蹤，就要先探龍哥的口風，這是我得到的結論。

我不明白自己對聶成硯到底是抱持著怎麼樣的心態，雖然一開始，我們相識的過程一點也不浪漫，甚至還十分的狼狽，之後的幾次偶遇，也沒有激起什麼美妙的火花，不過自從上次他展現英雄救美的勇氣，再加上在遊戲裡帶著我英勇殺敵的英姿，我想、也許……大概……說不定我對他的感覺就是……負負得正吧！

就像我哥說的：喜歡，有什麼理由呢？要是真的說得清，那就不是真的喜歡了。

心裡正想著等一下回家後要先洗個熱呼呼的熱水澡，再舒舒服服窩在床上蓋著棉被，連線上網，讓龍哥帶我去刷副本。

前幾天，聶成硯帶我去刷寶庫副本，終於刷到一把附屬素質十分優良的紫刀。開到那把刀，我心情振奮得簡直就要立刻買杯飲料，送到聶成硯宿舍去請他喝了。

看著那把好不容易刷到的紫刀，我當時還把武器 po 在隊頻裡給聶成硯看，又送了個開心的笑臉給聶成硯。

「素質很好。」當時聶成硯在隊頻裡是這麼回我的。

「嗯嗯，」我興奮得連手指頭都有些顫抖，回訊息給他時，衷心感謝，「謝謝你。」

「開心嗎？」

「超開心的。」

「開心就好。」

開心就好……開心就好……開心就好……開心就好……

不知道為什麼，只是再平凡不過的四個字，卻讓我的心臟震動得好劇烈，那感覺就像是聶成硯對我說了什麼甜言蜜語。

那天晚上，我還為了這四個字失眠，腦中反覆回想著聶成硯帶我去刷副本時，我跟在他身後當小跟班的畫面。明明他打怪時什麼話都沒說，我卻覺得心裡甜甜的，整個人像浸泡在蜂蜜裡一樣。

隔天早上起床梳洗準備去學校上課時，我看著鏡子裡黑眼圈特別深的自己，突然覺得自己真像是個有精神病的花痴。

不過就是一句話，我居然可以整夜胡思亂想，然後把自己的黑眼圈都搞出來了！

連線進遊戲裡時，龍哥已經在線上，聶成硯也在，不過我這個人的心眼特別的小，因為晚上他的不良表現，我打算今天晚上都不理他了。

密頻了龍哥，讓他組我入隊打寶庫，誰知他一組我，我才知道，原來聶成硯也在隊伍裡。

當下，我差點叛逃了。

「讓小聶一起來打，他超會吸寶的，有他幫忙，說不定等等就掉根素質極優的紫裝給妳了。」

因為龍哥的一席話，我才勉強沒退組，聶成硯吸寶的功力確實是挺強的，跟他一起組隊，常常都能打到好物。

看在聶成硯是「吸寶達人」的分上，我就安分的當個花瓶，乖乖跟在他們後面當小跟屁蟲吧！

不過，某些堅持，我還是有的！

比如，我下定決心今天不主動跟聶成硯說話，這樣的堅持。

也許是有別於我平日的聒噪，第二場寶庫打完，聶成硯就發現我的異樣。

才剛進入第三場寶庫副本，聶成硯就主動私密我了。

「妳今天不舒服？」聶成硯問。

我呆愣愣的看著手機的遊戲畫面，一時之間反應不過來，這是聶成硯第一次主動跟我說話呢！

我的心臟，又開始跳得亂七八糟，手指頭，也完全不能控制的顫抖著。

面對他忽冷忽熱的態度，我想，我離神經衰弱的境界，應該也不遠了⋯⋯

「沒有，我好得很。」

半分鐘之後，我在密頻裡敲下這幾個字，傳給聶成硯。

他要是機靈點，應該不難發現我這完全是在不滿他今天晚上不理我的行為。

不過，男生有時候是很豬頭的，即使是聰明如聶成硯，還是沒辦法立刻弄懂我的情緒反應。

「今天晚上妳的話特別少，是不是……一個月一次？」聶成硯的訊息很快又傳過來。

看見「一個月一次」那幾個字，我的臉馬上熱燙了起來。

「沒有。」我回他。

「心情不好？」他又問。

這個人今天真異常，平常冷得像塊冰，現在又熱得像團火……

「也沒有。」

聊到這裡，剛好龍哥也幫我們把副本打完了。聶成硯大概是懶得再猜測我的心思，又傳了個密頻過來，「如果是累了，就早點休息。」

我看著他豬頭般的訊息，突然好無力。

他為什麼就不會問問我是不是在生他的氣？

龍哥在隊頻裡問我拿到什麼裝備，我把今天拿到的戰利品全 po 上去，哀怨的說：「沒有紫裝，吸寶機失效了。」

吸寶機指的當然是聶成硯。

聶成硯在隊頻裡打出「哈哈哈」這幾個字，沒再多發言，卻能感覺到他的心情很好的樣子。

真不公平！我可是被他搞得心情很毛呢。

「沒關係，咱們有的是機會。」龍哥回覆我。

「是。」我說。

「芯芯，妳肚子餓不餓？要不要跟我們去吃消夜？今天是小聶生日呢。」

看著龍哥丟出的訊息，我突然有點呆住了……今天是聶成硯的生日？

難怪今晚會看到他出現在KTV，想來應該是去慶生的吧！

「生日快樂，聶學長。」

一瞬間，我的氣全消了，馬上馬屁精上身的在隊頻裡祝賀聶成硯生日快樂。

聶成硯丟出一張笑臉圖，當作是他的回答。

「所以，妳要不要跟我們去吃消夜？」龍哥又追問了一次。

「跟誰？」

「只有小聶跟我。」

我的心臟又不安分了……怎麼辦？我好想去啊！可是我現在的肚子好飽，根本就塞不下什麼東西，嗚嗚嗚，我該拒絕嗎？

「吃什麼？」片刻，我又弱弱的問一句。

「豆漿油條吧。」龍哥回答完，我馬上回應他，「好。」

豆漿對我而言，有絕對的吸引力。

本來要跟他們約在校門口見面，但龍哥堅持要來我住的地方接我，他說我一個女孩子，最好不要大半夜單獨外出，太危險了。

真是超級暖男，有沒有？

跟聶成硯那塊冷冰冰的大木頭一比，龍哥在女孩子眼中的評價應該直衝上天吧！哼！長得帥有什麼用？這年頭，暖男才是王道啊！

迅速的梳洗整裝，十分鐘後，我已經出現在我住的大樓樓下。

龍哥是跟聶成硯一起來的，他們兩個人各自騎機車過來。聶成硯就算是戴著全罩式安全帽，還是能從透明的擋風罩裡，看見他清亮的眼眸直直向我投射過來的目光。

「芯芯，妳讓小聶載吧。」一停下車，龍哥就先開口。

我看看龍哥，又看看聶成硯，突然覺得自己好像腿軟了……嗚嗚嗚，這難道也是喜歡一個人的另一種副作用？

不過，心裡頭更多的情緒，是快樂。

我慢慢的步向聶成硯，接過他遞給我的安全帽，戴好後，跨上他的機車後座。我才剛坐好，聶成硯都還沒行動，龍哥就一個加速，瞬間消失在黑夜裡了。

我終於明白龍哥為什麼叫我坐聶成硯的車了，原來暖男也是會飆車的。

聶成硯騎車的速度不快不慢，我坐在他背後，卻整個人心亂如麻，一時之間，也不知道該找什麼話題跟他聊。

於是兩個人一路無語到目的地，到達時，龍哥已經快手快腳的準備了一桌消夜，就等著我們入座開動。

我安安分分的坐在一旁捧著豆漿杯，咬著吸管，一小口一小口慢慢啜飲著。

豆漿店裡大部分都是吃消夜的學子們，學生的情緒特別容易嗨，一件小小的事都能說得眉飛色舞。

相較於其他桌的歡騰喧鬧，我們這一桌就顯得特別的安靜有氣質。

龍哥跟聶成硯一派自然的邊吃著消夜，邊聊著關於他們電機專業學識上的事，我聽不懂，只好繼續坐在一旁吸豆漿，當花瓶。

聶成硯說起他們領域裡的事時，那專注又專業的神情和說話姿態，怎麼看，都覺得很帥。

聊了半晌，聶成硯發現我什麼東西都沒吃，定定的看了我三秒鐘，拿了雙乾淨的筷子，夾了兩顆煎餃放進我碗裡，溫潤的聲線對著我說：「吃掉。」

好霸氣啊！

我只好乖乖低下頭，吃掉碗裡那兩顆煎餃。

聶成硯跟龍哥繼續聊著我聽不懂的話題，聶成硯卻能一心多用，一邊聊，還一邊看我有沒有夾東西吃，發現我放下筷子，就會主動夾食物放到我的碗裡，要我吃掉。

自己吃得倒是很少。

好心機啊，嗚嗚，養肥我，他有什麼好處？

原來我今天被叫出來的使命，是出來當他們兩個人的廚餘桶？好悲哀呀……

動。

就在聶成硯第六次要夾東西給我時，我連忙伸出手握住他的手腕，阻止他的行

「……我吃不下了。」我一臉哀怨，再吃，我真的就要吐了。

聶成硯安靜的瞅了我一眼，龍哥馬上跳出來幫我說話。

「我看芯芯一整個晚上也吃了不少東西，女孩子的胃口本來就小，不要讓她吃太多，肚子太撐，晚上睡不好。」

我在一旁深表贊同的猛點頭。

聶成硯又低頭看了我抓住他手腕的那隻手，淡淡的開口，「剪掉。」

「啊？」我一時沒聽明白，剪掉什麼？

「指甲，剪掉。」他又說：「學生要有學生樣，不要去做什麼指甲。」

我縮回手，看著自己手上 bling bling 的水晶指甲。這是前天拉著韓少武陪我去做的，那位美甲師很難預約的呢！我還是透過韓少武的朋友才能插隊進去，花了我不少銀子耶。

指甲做回來後，林羽希還稱讚說挺好看的，林羽希那個人品味挺不錯的，能被她開口稱讚，那是多麼大的榮幸啊！

現在聶成硯這個沒良心的，居然要我剪掉？

「……好。」

心裡再萬分不甘願，嘴巴上還是乖乖的答應。

「有準備考研究所嗎？」

我點頭。

「有沒有在念書？」

我又心虛的點點頭……為了打電動，我已經好些天沒有把書拿出來溫習了……

聶成硯冷然的目光往我身上一掃，我馬上乖乖招供，「呃……好啦，我已經荒廢好幾天沒看書了。」

聶成硯沒再接話，目光睨了我一下，然後在我誠惶誠恐的眼神中，夾了塊蛋餅放進自己的嘴裡，咀嚼起來。

吃完消夜，龍哥跟聶成硯又騎車送我回家。

我依然是坐聶成硯的車，龍哥的騎車技術太高超，我完全不敢恭維。

一路上，聶成硯仍舊不發一語，龍哥也同樣在啟動的瞬間就「咻」一下的不見蹤影了。

我坐在聶成硯身後，雙手抓住我後面的機車後扶手，聶成硯騎車十分循規蹈矩，就算我沒抓住扶手，也不至於跌下車。不過為了以防萬一，我還是乖乖的抓穩，讓自己跟聶成硯保持些微的距離，不然不知道我這兩隻手還能放在什麼地方。

快回到我家的時候，始終沉默的聶成硯突然開口。

「明天去圖書館吧。」

「啊？」

「妳這樣下去不行，不是要考研究所？」聶成硯又出聲，「妳想考哪間？」

「我們學校。」

「一樣是財金的？」

我點點頭，馬上又想到我坐在他身後，他根本就看不到我點頭或搖頭，連忙又回答他，「對。」

聶成硯的車子轉了個彎，進了巷子，把車停在我住的大樓樓下。龍哥早已經停在一旁，坐在熄火的機車上玩起手機來了。

聶成硯將機車停在龍哥的機車旁，我才跨下機車，他的聲音就傳了過來，「明天下午妳幾堂課？」

「兩堂。」

「那下午四點圖書館大門口見。」

我一臉小媳婦樣的點點頭，龍哥則在一旁瞪大眼看著我們。

「怎麼了？」龍哥看看我，又瞅瞅聶成硯，然後問。

「她要考我們學校的財金研究所。」聶成硯說話時並沒有看我，聲線淡淡的。

「喔，那現在不開始準備不行，聽說我們學校財金研究所挺搶手的，幾個口試的教授都很可怕，面試時最愛問刁鑽的問題，要是肚子裡沒有東西，肯定會被刷下來。」龍哥補充。

為什麼他們說的跟我聽到的都不一樣？我們財稅課老師明明說我們學校的財金研

究所不難考啊！難道老師是為了要安定我們的心，才故意這樣說的嗎？

與他們道別後，我回到住處。

林羽希還沒睡，依然窩在客廳沙發上煲電話粥，見我開門，只抬眼看了我一眼，臉上沒什麼表情，我走進來拿室內拖時，聽見她對著電話說：「……那不然我們……分手吧！」

我還彎著腰，一隻手已經拿到鞋櫃裡的室內拖鞋，聽見她這句話，我的動作瞬間定住，瞥過頭，不敢置信的望著她。

林羽希沒看我，沉默的聽著電話，臉上依然沒半點表情，緊抿著唇的小臉，看起來特別的蒼白。

我不敢走過去打擾她，穿上室內拖，就直接拎著包包往自己的房間走去。

但還沒走到我的房間門口，我就聽見她說：「我累了，別再說了，晚安。」

側過頭去，她已經放下手機，雙手抱著弓起的腳，把臉埋在膝蓋裡。

掙扎了三秒鐘，我還是走向她。

「怎麼了？」我挨到林羽希身邊，聲音輕輕的，「吵架了？」

「李孟芯，我好累……」

林羽希的聲音弱弱的傳過來。

我瞄了一眼牆上的時鐘，還沒過十二點，今天可是她的生日啊！她男朋友未免也太不識相了，生日沒幫她慶祝也就算了，居然還跟她吵架？有沒有這麼不上道的男朋友啊？

「別生氣了。」我攬著她的肩，把頭靠在她的頭上，語氣還是柔柔的，「今天是妳的生日呢，生日就是要開開心心的啊，這麼愁眉苦臉的，看起來真醜，來……笑一個，嘻……」

但是林羽希還是笑不出來。

她根本連頭都沒抬起來。

我不死心，又搖了搖她，說：「哎呀，不過是吵架嘛，你們又不是沒吵過架，而且哪對情侶不吵架的？吵架也是一種溝通嘛，很多人都是越吵感情越好的，對不對？像我就比較可憐，連要吵架的對象都沒有，是不是？妳想想我，就會覺得自己很幸福了，是吧？」

唉……我安慰得連自己都忍不住心虛起來，好弱的安慰啊！

「這次不一樣……」片刻之後，林羽希的聲音才無力的揚起，「我們，應該撐不下去了……」

「哎，不會、不會啦，學長那麼喜歡妳，妳也那麼喜歡他，沒事的、沒事的，妳不要想太多。」我繼續發揮我弱弱的安慰方式。

林羽希這才拿起她的手機，打開學長傳給她的聊天內容，遞給我。

上面寫著：「寶貝，今天晚上的西餐還合胃口嗎？看妳吃得那麼心滿意足，我也就覺得欣喜了，謝謝妳每天這麼無怨無悔的陪著我，讓我平凡的日子有了不一樣的色彩，我愛妳，寶貝，請妳答應我，會一直一直陪在我身旁，好嗎？」

好、好噁心唷……

想不到學長人看起來憨厚老實，講起情話來居然這麼的噁心巴拉，我搓搓自己的手臂，學長這則真心留言已經害我全身汗毛豎起，雞皮疙瘩也都掉一地了。

我看著林羽希，過了幾秒鐘才反應過來。

不對啊，今天晚上林羽希是跟我們去唱ＫＴＶ，回到家就一直待在房間裡，連我剛才要出門去吃消夜時，她也還坐在書桌前打報告，哪有跟學長去吃什麼西餐啊？

「林羽希……」我艱澀的開口，感覺自己的喉嚨乾乾的。

「他傳錯了。」林羽希終於抬起頭看我，她的眼睛紅紅的，唇邊有倔強的堅強。

一時之間，我不知道該說什麼話。

「看到訊息，我打電話給他，問他訊息是不是傳錯了，他才知道原來他把訊息傳到我這裡來。李孟芯，妳還記得我說過我最欣賞他什麼嗎？就是他的誠實！他不是會說謊的人，很多事，他選擇不說，只要不說出違反心意的話，就不算是說謊，對吧？他曾經是那樣對我說的。」

林羽希深吸了一口氣，眼睛裡終於有顆晶瑩剔透的水珠滾落下來。她皺著眉，看起來像是極力忍住心裡的悲痛，但是，那痛苦，聲音是藏不住的。

她說：「所以當我問他時，他只沉默了三秒鐘，就告訴我。他確實是腳踏兩條船，那個女生是他的直屬學妹，因為常常一起團練，所以很自然的練出感情……他說他們是很自然練出感情的，原來感情也可以是練出來的？他怪我不能常常陪他，怪我老是把打工跟課業看得比他還重要，怪我就算再怎麼傷心難過，第一個想找的人永遠不會是他……他對我，居然有這麼多的怨懟，原來我們……已經走到這一步了……如果早知道會變成一對怨偶，那當初何必要開始呢？把最美好的喜歡自始至終安放在心裡，不去跨越那一步，說不定幻想就不會破滅，就能長久持續喜歡下去，對不對？」

林羽希說完，終於把頭又埋進自己的膝蓋裡，肩膀不可抑制的顫抖著，那道痛，終於還是壓抑不住的化成淚滴，將她淹沒在淚海裡。

我手足無措的坐在林羽希身邊，什麼話也說不出來，只能不停用自己的手，輕輕拍打著林羽希的背。

這應該是我第一次看到林羽希哭成這樣，以前我們一起窩在客廳看HBO時，看到感人影片，她雖然也會哭，也都只是眼眶泛紅，頂多就是吸吸鼻子，只微微顯露出她的多愁善感，這樣的大哭，倒還不曾有過。

我又陪了林羽希坐在客廳幾分鐘，林羽希的啜泣聲逐漸平靜下來，她抬頭接過我向她遞過去的面紙，擦了擦眼，又擤過鼻子，才用她那紅通通的眼睛看著我，努力對我微笑，說：「沒事了，我睡一覺就會好了，嚇到妳了吧？對不起。」

本來我還沒打算哭，但林羽希這麼溫柔的安慰我，又向我道歉，我的鼻子迅速酸痛起來。

失戀，本來就是很讓人難過的事啊，哭一下有什麼關係？林羽希妳這麼故作堅強是要給誰看？我又不會取笑妳的軟弱，或安慰妳說沒必要為了那種不值得的人哭，我哥說，掉眼淚也是一種排毒方式。妳現在最需要做的，就是把那個壞男人帶給妳的壞心情，藉由眼淚排出來，悶在心裡，只會讓自己中毒更深而已啊。

「不管了，今天晚上我一定要陪妳睡覺。」我拉住林羽希的手，信誓旦旦像承諾誓言的看著她，「等我回房間去洗個澡，就抱著我的枕頭棉被去妳房間睡。不可以拒絕我，不要讓我擔心妳……拜託。」

雖然在吃消夜之前已經洗過澡，但我這個人有點潔癖，只要出門回來，不管如何，睡覺前一定要再把自己弄乾淨才能睡得安心。

迅速梳洗過後，我坐在床邊，忍不住又拿出手機連線進遊戲畫面，想看看聶成硯還在不在線上。

結果才一上線，馬上被聶成硯抓包。

他的訊息分秒無差的傳過來，「不去睡，還偷上線？」

「呃……我就是想到好像有個官方給的禮包忘了領，怕明天就不能領了，所以上來領一下。」

我瞎掰的功力有時候還是挺強的，連自己都忍不住佩服起自己來。

「……」

不過聶成硯也不是什麼省油的燈，看他回給我的點點點，我就知道他對我的理由十分存疑。

「好了，我領完了，要去睡了，咕得拜。」

既然要演，就要演全套的，絕對不能半途而廢，這是韓少武教我的。

「嗯。」

告別了聶成硯，我迅速下線，然後雙手抱著自己的枕頭棉被，嘴巴叼著手機，直接往林羽希的房間衝。

林羽希還沒睡，腫著一雙眼還坐在書桌前打報告。

想想還是很心疼她，生日居然也是失戀日，這種痛苦的記憶，大概是會銘記一輩子的吧。

我一股腦兒的就把自己的被子往林羽希床上丟，再動作迅速的鑽進被窩裡，只露出一顆頭在棉被外，一雙眼骨碌碌的盯著林羽希的側臉看。

林羽希沒理會我，逕自打著報告。

等了三分鐘後，我無聊了，於是刻意壓著聲音，嗲聲嗲氣的說：「還不睡嗎？親愛的。」

林羽希回過頭，瞄了我一眼，嘴邊有憋不住的笑意。

「少三八了妳！就跟妳說了我今天要熬夜趕報告，反正明天第一、二堂是空堂，我可以睡晚一點，妳要是覺得燈光太亮，不好入睡，就回妳自己那邊去睡吧。」頓了頓，林羽希又繼續補充，「我知道妳在擔心什麼，不過妳放心，我真的不會做出什麼傻事，關於愛惜生命這件事，我可是比任何人都還要堅持的呢！不過就是場戀愛嘛，又不是宇宙爆炸、世界毀滅，我不會為了這種小事就看不開，真的。」

我當然相信林羽希說的話，也知道她不會做什麼讓人傷心的傻事，但，我就是想陪著她嘛！

捨不得看她這麼傷心，孤立無援的抱著棉被哭。

光想像那個畫面，就夠我心情難受的。

「才不要，我就是要在這裡陪妳，就算妳趕我，我也不走。」我露出難得一見的決心。

林羽希對我笑了笑，沒再堅持，轉頭繼續打自己的報告。

我又躺了幾分鐘，最後無聊的拿起手機玩起來，先是看看手機相簿裡的照片，裡面有不少我跟韓少武的合照，也有我偷拍我哥憂鬱看書的照片，當然也少不了我媽搔首弄姿，強迫我幫她拍下的身影，還有兩張是我說要幫我爸拍照，我爸硬是不肯配合，被我偷拍時一臉不情願的酷表情。

我一頁一頁的翻著手機相片，突然想念起哥哥來。

不知道他現在怎麼樣了，明明是一百多公里的距離，但我們一年裡見面的機會，就是那麼少。

以前我老嫌他囉唆，總是對我管東管西的，不只管我的功課，也管我的穿著，還有言行舉止、交友狀況，真可謂是無一不管，比總管還要總管。那時真覺得他煩，比我媽跟我奶奶還難相處……不過隨著年齡漸長，交友圈擴大了，接觸的人多了，當初他嚴格訓練我的那些生活細節、禮儀舉止，全都變成我後來的交誼助力。

我翻了個身，趴在床上，撥了通電話給我哥。

現在是晚上十一點多，我哥那夜貓子應該還沒睡吧！

他剛失戀那段時間失眠得特別嚴重，才幾天，整個人就憔悴得像病了一萬年一樣，害得我爸跟我媽急忙拉他去醫院做檢查。

那時，他常常一整個晚上不闔眼，老是躲在房間裡，也不跟任何人說話，有時連飯也不吃，渾渾噩噩的度過每個白天夜晚。

有一次，我走進他房間，看見他躺在床上一動也不動，一雙眼睜得大大的，盯著天花板眨也不眨，我看得很害怕，輕聲的叫了幾聲，「哥！哥！」他都沒反應，我以為他死了，嚇得腿都軟了，趴在他身上死命的搖他，一面搖還一面哭。

那次大哭之後，我哥的情況就好轉一些了，不再這麼要死不活的。我想，他應該是不想讓我擔心吧。

電話很快就接通，我哥毫無情感的聲音從手機另一頭傳來，「幹嘛？」

我的一腔熱情瞬間灰飛煙滅。

「哥……你怎麼這麼無情？你家宇宙無敵超可愛的妹妹打電話給你，你為什麼這麼冷淡？」我撒著嬌。

「肯定沒好事，快說。」

「被宇宙超級美少女想念，怎麼不是好事？」我繼續撒嬌。

我哥嘆了一口氣，無力的說：「好吧！這次又是欠多少錢？」

幹嘛搞得好像我是討債集團，而他是負責幫債務人擦屁股的關係人一樣？我有這麼惡質嗎？

「哥，你好壞……」我嘟起嘴，從被窩裡鑽出來，走出林羽希的房間，學林羽希窩在客廳沙發上講電話，對我哥說：「人家這次是真的純粹只是想打電話給你，沒有別的意圖。」

「妳終於體認到老是勒索哥哥是不道德的行為啦？」我哥那張嘴，刻薄得跟聶成硯有得拚。

「我哪有啊……」我無辜的說：「人家就真的是想你嘛，想知道你最近好不好啊，我們好像好久沒有見面了呢。」

真的，小時候天天都在同一個屋簷下，也沒覺得有什麼，偶爾還會覺得有個囉唆的哥哥真不幸。我那時超級羨慕身為家裡長女的同學們，總感覺當姊姊就是特別的威風，只要一聲令下，底下的弟弟妹妹們都得乖乖聽話，誰要敢多說一句，肯定是要被好好修理的……

可是長大後，因為求學、因為工作，而身處不同的城市，才會突然體悟到當時與手足之間的拌嘴，是多麼簡單的幸福，你永遠不用擔心對方是否會因為生你的氣而對你做出致命的報復行動，不用擔心對方是不是會因為跟你吵架而一輩子不理你，不用擔心對方是不是會唆使身邊的人一起排擠你……吵架，就只是單純的爭執，再無其他更多情緒化的反應。

「我很好，吃飽穿暖，而且，為了我妹的嫁妝，現在正努力的在工作。」

「你……在值夜班？」

「對。」我哥難得幽默，「所以，為了妳的嫁妝，是否妳應該識相點，不要來打擾我？」

哎！我哥真的很無情哪，周曉霖姊姊當初到底為什麼會喜歡上他？到底是看上他哪一點？

一定是眼睛瞎了吧！

不是說愛情會讓人盲目嗎？我看周曉霖姊姊當時一定盲目得特嚴重，不只眼盲，大概連心也盲了。

「哥哥，這個星期假日，我坐車去找你吧。」我說。

「妳……出了什麼事？」

拜託！人家都說了，是因為想念嘛！我老哥為什麼老覺得我對他另有所圖？

「沒事啊，」我漸漸無力，一手抱著膝，一手拿著手機，把額頭抵在自己的膝蓋上，聲音低低的，「就是特別的想念你，想看看你，聽聽你的聲音……」

我哥不說話了，手機那頭靜默了幾秒鐘後，我才聽見我哥重重嘆息的聲音。

「……李孟芯，妳老實跟我說，妳是不是……被拋棄了，所以想來找哥哥尋求溫暖的安慰？」

嗚……為什麼周曉霖姊姊當初會喜歡上我哥這塊大木頭？到底是為什麼啊？

「這星期我真的都沒空，星期六我要值大夜班，星期日當然是躺在床上好好的補眠了，所以，抱歉啊，李孟芯，妳自己找別人玩去，別來給妳哥添亂。」

那個叫作李孟奕的人，在手機那頭義正詞嚴的拒絕我的探視。

我嘟了嘟嘴，還沒說話，我哥的聲音就又傳過來，「別嘟嘴，醜！」

嗚嗚嗚，連我嘟嘴的小動作他都瞭若指掌！難怪我小的時候，他就在我面前張狂的對我嗆聲，說我這輩子都別想逃出他的手掌心，世界上再也不會有人比他更摸透我的一舉一動了。

他嗆聲的目的，不過也就是要我乖乖聽他的話，別造反。

「好啦，那我不去找你了。」我委屈的說。

「要不妳回家去，看看爺爺奶奶最近怎麼樣，前幾天我打電話回家，是奶奶接的電話，說爺爺感染了小風寒，夜裡一直咳，吃藥也壓不下來。我最近忙，抽不出空回去，妳若是沒事，不如就回家一趟，看看老人家一下。」我哥提議。

「才不要，爺爺奶奶想見的人是你，又不是我。」我任性的回答他，「你忘啦，我們家是標準的重男輕女，我有沒有回家去，又沒有人會在乎。」

「李、孟、芯！」哥哥的聲音突然變得肅穆，他最討厭聽我說到「重男輕女」這四個字，就算是事實，他也不希望我因此受到影響。小時候，他曾經因為爺爺偏心只給他從日本帶回來的哈蜜瓜口味巧克力，而沒給我，對爺爺發過一頓脾氣，然後執意把他拿到的巧克力分一大半給我，自己只吃一小部分。

那次，他對著還不懂事的我說：「李孟芯，妳別擔心，以後只要有好吃的、好玩的，哥哥一定都會留一份給妳，絕對不會讓妳受委屈。」

那些話，不知道為什麼，竟然深深的烙印在我當時小小的腦袋裡，大概因為那時的哈蜜瓜巧克力太好吃，而哥哥的表情太溫柔，所以即使時間過了那麼久，我還是能記住當時哥哥講話的語氣、表情，還有陽光灑在他身上那片耀眼眩目的金黃。

有些承諾，雖然不甜蜜，卻動人，而且永存於心，因為你知道，對方在說那些話時，他是認真的。

「好啦……對不起嘛。」我向來最勇於在我哥面前認錯，我想那應該也是被他從小訓練出來的吧！

哥哥拿我沒辦法的又嘆了一口氣，「所以妳……」

「呃，我再排看看我有沒有時間回家去，你知道的，最近我忙著準備研究所考試的事，正沒日沒夜的勤奮念書呢。」我說謊了，阿們。

「我會信妳才有鬼。」我哥再次無情的打擊我，「妳有幾斤幾兩重，我比誰都清楚。」

好吧！我再度敗陣了……

「反正就是盡量找機會回去一趟吧，看看老人家，關心一下也好，真的沒辦法回去，打通電話回去也行，懂嗎？」最後，我哥還是讓步了。

「懂懂懂，明白明白，知道知道，了解了解。」我連忙回答他。

結束通話前，我哥又叮嚀我，「記得多吃點東西，天冷時，衣服要多穿一點，不要一天到晚就只知道玩，也不要老是逛街買東西，錢不夠用再跟我說，記得嗎？」

最後面那句話我聽得最順耳，正想開口問他願不願意資助我一些下午茶點心餐費時，我哥冷面殺手的聲音再度揚起，「不過不是現在，妳別得意。」

好吧，我不得意就是了……唉。

跟哥哥結束通話，我又窩回林羽希的房間裡去，躺在她床上，看著她認真打報告的背影，無聊的問她，「林羽希，妳都不睏嗎？」

「還好。」

「這種冷冷的天氣，躲在被窩裡最享受了，妳要不要過來試試？」

「不用，晚點我就會過去享受了，妳先自己享受吧。」

利誘不成，我只好又拿起手機，無所事事的滑起手機來，先是點進通訊軟體裡，看看有沒有人丟訊息給我，發現裡面沒有新增的留言，又跳進ＦＢ看看各個朋友的新動態，順便關心一下時事新聞。

我用手指頭在手機螢幕上滑來滑去，突然，我的眼睛無意識的瞄到自己的水晶指甲，想起今晚聶成硯對我說的話，一股寒意馬上從腳底竄起。

「剪掉。」

聶成硯冷酷的聲音鑽進我的腦海裡。

搖搖頭，我……可以直接裝死嗎？人家是真的捨不得剪掉這麼漂亮的指甲，更何況我已經盡量低調了，水鑽也專挑小顆的黏，就連我們稅法老師看到我的水晶指甲，不僅沒碎唸我，還直誇我的指甲弄得真好看。

怎麼聶成硯就不懂得欣賞？

一想到他，我立刻就沒了滑手機的興致，呆呆的舉起自己右手，認真盯著手上那淺粉底色，上面彩繪著大小不一的白色小花，還貼著白、紫、粉紅亮鑽相互搭配著的花樣，說有多好看就有多好看，真的很捨不得剪下它們。

但又想到明天下午跟聶成硯相約在圖書館見面，萬一到時被他看到我的指甲沒有剪，依他的個性，說不定會來個相見不相識，轉身就走掉了……

我還是不要冒險好了。

於是，我再度翻下床，回到自己的房間拿了指甲剪，又回到林羽希的房裡，站在她面前，雙手捧著指甲剪，用可憐兮兮的表情看著林羽希。

林羽希被我這怪異的行動搞得莫名其妙，她抬頭看了看我手心裡的指甲剪，又看看我的臉。

「幹嘛？」

「我、我下不了手，只好借妳的手來殺了……」我哭喪著臉。

「殺什麼？」

「我的水晶指甲。」我說著，感覺自己的胸口一陣悸痛。

「好端端的，幹嘛剪指甲？」林羽希驚異的睜大眼，「而且這個美甲師不是妳預約了好久才預約到的嗎？也弄得挺漂亮的，剪掉不會太可惜？」

「我也覺得剪掉很可惜啊。」我皺著眉，一副快哭了的表情，「可是聶成硯叫我剪掉啊，他說學生要有學生樣，我這樣，他可能覺得太招搖了吧！」

「我看不出來哪裡招搖。」林羽希不認同的搖搖頭，「而且，妳明明就弄得很可愛呀，稅法老師不是也說很好看？」

我知道啊，我當然全都知道啊，但……聶成硯不知道嘛！

「反正就是……剪掉吧！」我牙一咬，一臉從容就義的表情。

林羽希試圖要再說服我，但我意志堅定，雙手一伸，說：「別再說了，剪吧。我下不了手的，就由妳來幫我解決吧！」

拗不過我，林羽希只好接過指甲剪，抓住我的右手，對準指甲就要剪下去。

「輕點、輕點……啊……」

我一聲長長的哀嚎，嚇得林羽希連忙放開我的手，一臉擔憂的看我，「我剪到妳的肉了?痛不痛啊？」

我點點頭，眼淚在眼眶裡打轉，「痛……」說著，我撿起被她剪下來的那一小片指甲，用大姆指跟食指小心翼翼的捏著看，「我心痛啊，嗚嗚嗚。」

林羽希白了我一眼，方才的關心表情瞬間消失殆盡，「那妳還剪不剪？」

又掙扎了片刻，我還是點頭了，「剪。」

「手過來。」

我乖乖的伸出手，林羽希再度抓住，然後又說：「臉轉過去看牆壁，免得妳又鬼吼鬼叫，擾亂我的進度。」

我只好聽話的面壁思過。

林羽希完全不給我後悔的機會，迅速剪好我的十片手指甲，再回頭時，我看著自己短短指甲的手指頭，眼眶又紅了。

還是好捨不得啊！

「其實這樣也很好看，現在不是流行小清新？妳這樣剛好跟上流行。」林羽希安慰我。

但我心已死。再多的安慰，也只是過眼雲煙，完全起不了作用哪。

我默默的又鑽進被窩，悶悶的說：「我先睡了，說不定睡一覺起來，心就沒那麼痛了，晚安。」

隔天下午，聶成硯準時四點出現在圖書館門口。

他穿了一件白色毛衣，下半身穿著牛仔褲，踩著一雙黑色球鞋，只是簡單的穿著，但穿在他身上，就是那麼帥氣。

原來長得好看的男生，不管穿什麼都比旁人更吸睛好幾倍。

我痴痴的看著他向我走過來的身影，感覺到自己的心跳在加速。

「發什麼呆？」

聶成硯的腳長，我還怔忡著，他早已經走到我身旁，淡然的看著我問。

「呃，沒、沒什麼。」我回過神來，衝著他笑了笑，胡謅了個理由，「只是覺得天氣很好，這種出大太陽的天氣，最適合吃冰了，對吧？」

聶成硯淡淡的掃了我一眼，嘴巴不饒人的丟了句，「大冷天吃什麼冰？有病吧妳！」然後，轉身就往圖書館裡走進去。

嗚……我被人身攻擊了！

圖書館裡人不少，我們找了一會兒才找到位置。

坐下後，我好學生模樣的自動從包包裡拿出書，乖乖把自己的眼睛黏在書本上，假裝瞬間掉進知識無崖的世界裡，不敢亂張望。

但是，聶成硯就坐在我對面，我光想到這一點，一顆心就撲通撲通的亂撞亂跳，完全靜不下心來，看書看了老半天，我的進度依然只有兩行字。

像個小偷一樣偷偷摸摸抬眼，想看看聶成硯在讀什麼書，結果這個人，居然拿著手機，以靜音模式在打電動！

太卑鄙了，這個人！

我輸人不輸陣的也掏出自己的手機，連線進遊戲後，直接密頻他。

「喂，你這樣太不道德了吧？為什麼我得乖乖看書，你卻可以打電動？」

「因為是妳要考研究所，我已經是碩士班學生。」

聶成硯很快就回訊息了，而且還帶著討人厭的炫耀。

不過，人家說的是事實啊……

我的氣勢很快就弱下去了。

「好吧，我只好認命的繼續苦讀了……」我哀怨的敲字回過去。

「快點讀，晚上七點我們有舍聚，要一起吃飯。」

「喔，那你要不要先去忙？不用管我沒關係的。」我自認體貼的回應他。

「妳一起來吧。」

看到這五個字，我的眼睛瞬間發亮，心情也跟著飛揚起來。

「可以嗎？」基於禮貌與不敢置信，我決定再次確認。

「可以，龍哥已經把妳加在人數裡了。」

我那心裡的激動啊，真不是筆墨可以形容。

「那我們晚點聊，再見。」丟下這句話後，我迅速下線。

抱著等等可以大吃大喝，還可以跟聶成硯坐在一起吃飯的雀躍心情，我終於能夠定下心來好好的看書了。

六點半，在聶成硯的提醒下，我動作飛快的收拾好桌上的書跟筆，塞進包包，跟著聶成硯一起離開圖書館。

走出圖書館後，我問：「怎麼去？」

「走路就可以了。」聶成硯雙手插在口袋裡，神色自若的走在我身邊。

「喔。」我乖乖的跟著，也沒問他晚餐的地點。

「大概走半個小時就會到了。」

聶成硯突然神來一筆的又出聲，眼睛沒看我，依然是一派悠然自得的模樣。

我瞪大了眼抬起頭看他，臉部表情都快抽搐了。

半…半個小時？

我的腳會不會斷掉啊？人家今天穿的可是上星期才剛買的低跟高跟鞋耶，悲慘的是，新鞋總是磨腳啊！要知道今天要走這麼一大段路，我就穿球鞋出門，嗚嗚嗚……

但一想到美食滿桌，一想到可以跟聶成硯同桌吃飯……我牙一咬，拚了！

「來，給我。」

才剛走出東側校門口，聶成硯就伸出手，對我說。

「什麼？」我一頭霧水。

「妳的包包。」聶成硯看著我，臉上沒什麼表情，說話的聲線卻很溫柔，「看起來很重，我幫妳背吧。」

哎呀我的媽！終於有人願意幫我背包包啦！

我想起我被搶包包那天，巷子裡那對男生幫女生背包包的情侶，那時我還在羨慕他們，想不到幸運之神這麼快就願意眷顧我啦？

雖然聶成硯不是我男朋友，不過……沒關係啦，至少他上得了廳堂。至於下不下得了廚房，那我是不介意啦，反正現在大部分的人都外食，廚房拿來當樣品屋擺著好看用，我也是可以接受的。

把包包遞給聶成硯，他接過去時，看了我的手一眼。

「挺好看的。」他突然又冒出這句讓我滿頭問號的話。

隨即我反應過來，知道他指的是包包，就笑笑的回答他，「我阿姨從香港買回來的，便宜貨，因為容量夠大，所以被我拿來當書包用。」

聶成硯這時才抬頭看我，「我是說妳的手。」

我的耳畔突然「轟」的一聲，臉頰開始灼熱起來，眼睛突然不知道該放什麼地方才好，只好低頭看著自己的鞋尖。

幾秒鐘後，聶成硯的聲音已經跟我有點距離的傳過來。

「又發什麼呆？不走嗎？」

我才發現，他不知道什麼時候已經往前走了好幾步，大概是發現我沒跟上，又停下來轉過頭對我說。

小跑步跑到他身邊去，安安靜靜的又跟著他走了一小段路，然後在一間快炒店門口停下。

「進去吧。」

聶成硯見我一臉疑惑，直接對我說。

「這裡？」我指指店門口，還是一臉迷惑，又問他，「不是說要走半小時才會到？我們才走不到十分鐘啊！」

這時聶成硯的臉上露出一抹淺淺笑意，不再招呼我，而是自己往店門口的方向走過去，邊走邊說：「玩笑話，也只有妳才會當真。」

玩笑話？

我皺皺眉，為什麼他可以用那麼嚴肅的表情說玩笑話？這樣很難讓人不認真啊！奇葩啊！這人絕對是個奇葩！

他是我認識的人裡面，第一個讓我分不清他話裡真假的人，想來應該是我的道行還太淺……不行不行，人爭一口氣，我一定要再修練修練，不然這樣子下去，我一定會被他玩死的。

下定決心後，我雙手緊緊握拳，對自己無聲的說了句，「加油啊，李孟芯。」就小跑步跟上聶成硯。

聶成硯的舍友總共才三個人，再加上他跟我，一桌五個人。

龍哥已經點好了菜，我們到達時，剛好上來第一道菜，是我喜歡的紅燒豆腐。

龍哥招呼我們坐下，還熱心的幫我們添好飯，簡單的向另外兩個我不認識的學長介紹一番後，笑咪咪的對我說：「這道是妳喜歡的吧？小聶指明要點這道菜，說是妳喜歡的。」

我錯愕的轉頭看向坐在我身旁的聶成硯，正好他從自己的背包裡掏出兩副環保餐具，遞一副給我，「沒用過的，給妳用。」

「謝謝。」我很順手的就直接接過來，低低道了聲謝後，又忍不住好奇的問他，「我跟你說過我喜歡吃紅燒豆腐？」

聶成硯聞言沒看我，伸長手，夾了塊豆腐就往我盤子裡放，再淡淡的回了句，「說過。」

我怎麼完全沒印象啊？

「什麼時候？」我抓抓頭，實在回想不起來，又問他。

「有一次我們去解黃金密室的時候。」

我繼續抓頭……有這件事？我為什麼一點印象也沒有？

直到第二道菜上桌時，我還邊用筷子夾飯粒吃，邊想著這件我完全不記得的事。

聶成硯大概是看不下去了，他用公筷夾了一大口高麗菜放在我的碗裡面，又用他手上的筷子敲敲我手上的筷子，提醒我，「別想了，憑妳的記憶力，就算給妳一星期的時間，妳還是想不起來的，所以不用白費力氣了。吃飯。」

嗚嗚嗚……這人講話一定要這麼直白嗎？

我感覺自己的心已經被他的話刺得千瘡百孔了。

飯桌上，幾個大男生嘻嘻哈哈的聊著天，聶成硯依然是裡面話最少的男生，大部分的時間，他都是在一旁傾聽的那個。

男生們聊的話題很廣，運動啦、政治啦、社會實事啦、課業啦，甚至是八卦，他們都能聊。

有時講到好玩有趣的部分時，幾個大男生就會若無旁人的同時哄堂大笑。

快樂的氣氛，感染力總是特別的強，我雖然對他們的話題不是十分感興趣，也聽不太懂他們聊的運動跟政治人物，還有他們專業領域部分的話題，但跟他們幾個人在一起，好像也能感受到來自他們身上滿滿的活力和快樂。

於是整頓餐聚下來，我的嘴角始終都是彎翹的。

聶成硯似乎也特別快樂，我看見他臉部的表情柔和許多，有幾度，我還看見他咧著嘴在笑。

原來，跟朋友在一起時的他，跟平常我所看到的他是不一樣的。或許這樣的他，才是真實的他，不會讓人有距離感，還能維持王子般的優雅帥氣。

這頓晚餐，都是聶成硯在服務我，只要有菜一上桌，他一定會用公筷先夾一些放我餐盤裡。

「吃吃看。」他總是這樣說，見我吃了一口後，他會再追問：「怎麼樣？」見我點頭，他就會自己也夾一點放他自己的碗裡。如果我搖頭，他就會放下公筷，不會再去夾我搖頭的那道菜，自己也不會吃。

一開始，我也沒感覺怎樣，但幾道菜之後，我心裡升起某種異樣的感受……我怎麼感覺自己像是古代服侍皇帝的太監，每道菜都要我先試過，確定沒有毒，皇帝才會吃……

於是我拉拉聶成硯的衣袖，小聲的叫他，「欸欸，聶成硯！」聶成硯低下頭，把自己的耳朵靠近我嘴邊，我才又問：「今天我是被你叫來試菜的嗎？」

聶成硯定定的看了我兩秒鐘後，說：「為什麼會這麼想？」

「因為每道菜你都會先夾給我吃，再問我好不好吃，我吃過後，你才會決定自己要不要吃，這感覺就像……嗯，我是來試菜的……」

以前我們家只要每逢年節，就會有一堆親戚會來我們家吃飯，那時煮飯的阿姨會事先準備幾道菜讓我爺爺奶奶試菜，合我爺爺奶奶胃口的，年節宴客時，那些菜才會出現在我們家的飯桌上。

聶成硯淡淡的揚了揚唇角，說：「那妳覺得這幾道菜試下來，感覺怎麼樣？」

我想了想，認真回答，「整體來說還不錯，不過味精好像多了點，下次可以建議只放鹽巴就好，味精能省略就省略了，吃多了，口渴。」

「口渴，他們店裡的飲料才賣得出去，這是商人的手法呀。」

這手法……好卑鄙啊！難怪人家都說「無奸不成商」。

我點點頭，領略的說：「原來是這樣喔。」

「那妳覺得如果以後我帶我女朋友來這裡吃飯，會不會太寒酸？」

這問題怎麼問我呢？應該是要問你女朋友才對啊！

不過，他提到「女朋友」時，為什麼我會覺得心裡很不是滋味？

「這……我哪知道？」我艱澀的開口，「你應該要問她才對。」

「就妳們女生的觀點來說呢？」

我環顧這間熱炒店的環境，老實說，還真的非常的陽春，就像平時在路邊看到的黑白切陽春麵店一樣，完全是原汁原味，沒裝潢過，泛黃的牆面上貼滿了五顏六色的手寫菜單跟單價，古老的磨石子地面，擺著幾張木頭桌椅，氣氛跟質感都是零。

如果是對環境講究一點的女生，肯定不會想來這種地方。

這不是個適合約會的場所。

尤其假日時，這裡還有來回穿梭在桌間的酒促小姐，時不時就有穿得清涼女生走過來問：「先生，要不要開瓶酒？」有哪個女生會想在這種地方跟自己的男朋友約會？恐怕會沒約成，就先搞得一肚子氣了吧！

雖然這裡的東西很好吃，青菜炒得很清脆、紅燒豆腐燒得很入味、宮保雞丁辣得很夠味、水煮紅蝦又甜又好吃，但絕大部分女生，跟男朋友出去吃飯時，一定都不會把這裡當作是約會首選或優先選擇的場所吧。

「一定要說實話嗎？」我看著聶成硯深邃迷人的眼睛，反問一句。

聶成硯鄭重的點點頭。

我又頓了頓，才誠實回答，「我是可以接受啦，不過我想，大部分的女生應該都不會喜歡這種地方。」

「為什麼？」

「為什麼我可以接受，還是為什麼大部分女生都不會喜歡這裡？」

「二。」

這人，真的是非常的愛省話。

「因為這裡並不燈光美、氣氛佳啊。」

「可是這裡東西很好吃。」

我點點頭，我當然知道啊，可是現實總是比較殘酷的啊，孩子！

「但有些女生喜歡的氣氛，是像法式餐廳那樣，東西都少少的，非常貴又吃不飽，可是裡面有服務生服務得好好的，跟朋友提起時，也會很有面子。」

聶成硯抿嘴笑了笑，說：「原來女生都這麼愛慕虛榮又麻煩啊。」

我不知道該承認還是否認，不過老實說，男生像你這樣也挺不好搞的，你別在那裡五十步笑百步吧！

那句心裡的OS，我當然只能把它放在心裡就好了，沒那天大的膽子說出來。

餐聚完畢時，我們幾個人站在店門口相互道別。

五個人很自然的分成兩派，龍哥跟他們另外兩名室友站在一起，聶成硯跟我站在一塊兒。

「芯芯，妳要回家了嗎？」龍哥問我。

我點點頭。

「要我送妳回去嗎？我有機車。」龍哥甩甩手上的鑰匙圈發問。

「不用，我送她就好。」我還沒開口，聶成硯很自然就接話了。

龍哥把目光移到聶成硯身上去，表情有一秒鐘的怪異，隨後全都化成微笑，堆在臉上。

「你車在哪裡？我怎麼沒看到？」龍哥左右看了一下後，問聶成硯。

「學校停車棚。」

「所以你們是走路來的？」

我跟聶成硯同時點頭。

龍哥臉上又出現詭異的笑容，他說：「也好，吃那麼飽，走路散散步也是不錯的選擇。」說完他又拍拍聶成硯的肩，曖昧的對他眨眨眼，「順便培養培養感情，是不是？」

聶成硯拍掉龍哥的手，還是不露聲色的一號表情，「你喝醉了！」

「屁啦，我們今天又沒有人喝酒。」

「哪需要喝酒？你只要看到有姿色一點的女生，自然就會醉了。」

龍哥朝聶成硯比出中指。

告別龍哥他們後，聶成硯陪我走路回家。

我住的地方和這裡其實有一小段距離，走路大約要二十分鐘，本來我要聶成硯先跟龍哥他們一起回去，我再坐計程車就好，再說，這裡招計程車也挺方便的，但聶成硯不同意，他說女生自己一個人搭計程車不太安全，反正不遠，走一走就到了。

唉，這位聶同學長手長腳，又穿著追趕跑跳碰樣樣都方便的球鞋，他的大腳一跨，我就要連跑兩小步才跟得上他的一步，而且早說了，我今天是穿低跟高跟鞋，走久了，腳是會痛的。

走到離我住的地方最近的那間便利便利商店時，我的腳已經呈現半殘廢狀態，後腳跟的位置已經隱隱作痛了，我想，後腳跟應該是被新鞋磨破皮了吧。

「聶成硯，你等一下。」我拉住聶成硯的衣袖，用可憐兮兮的表情看著他，

「我、我進去買一下東西，你可以在這裡等我嗎？」

「一起進去吧。」他說。

「啊，不用不用，我買一下，很快就好了。」

說完，也不等他的回答，我用跑百米的速度衝進便利商店裡。

從便利商店櫃子上找到ＯＫ繃，拿了一盒後，又想到不能讓聶成硯知道我是因為後腳跟受傷才進來買ＯＫ繃的，不然肯定又要被他毒舌一番了。所以我又順手從飲料櫃裡拿了瓶檸檬Ｃ。

結帳完，我把零錢收進零錢包後，拿起我買的東西，打算走出去跟聶成硯會合，順便請他喝檸檬Ｃ，但才一轉身，就看到聶成硯不知道什麼時候已經走進便利商店，而且還站在我後面看我結帳。

我愣了足足兩秒鐘，才想到要把手上的ＯＫ繃藏到背後去，但已經來不及了。

聶成硯沒有任何表情的看著我，淡淡的聲線問著，「哪裡受傷了？」

我跟在聶成硯的身後，安靜的走出便利商店，站在車水馬龍的熱鬧街頭，聶成硯再度開口問我，「哪裡受傷了？」

這次的語氣明顯比剛才強硬了些，還露出一副「妳再給我逃開話題看看」的威脅表情。

「沒有啊……就……就是想到我家裡好像沒有ＯＫ繃了，剛好經過便利商店，順便買一下，有備無患嘛！呵呵呵……」

我還想矇混過去，但聶成硯馬上戳破我的謊言。

「是不是右腳？」聶成硯黑白分明的眼睛往我的眼睛一盯，我馬上乖乖招認。

「嗯。」

聶成硯從我手上把ＯＫ繃整盒拿過去，邊拆盒子邊問：「剛才就覺得妳走路怪怪的了，腳痛怎麼不說？」

「就只是破皮而已……」我小聲的回應。

「破皮還『就只是』？不痛嗎？」聶成硯抬頭掃了我一眼。

「痛啊……」我更小聲了。

聶成硯從盒子裡拿出一片ＯＫ繃，撕開外包裝，蹲在我的腳邊，抬起頭對我說：

「脫鞋。」

「啊？」我詫異的張大嘴，隨後又說：「不、不好吧？」

「脫鞋。」聶成硯又說了一次，這次的音量比剛才更大聲一點。

我左右觀望了幾次，在人來人往的街頭脫鞋子，真的很不習慣啊，而且……好害羞！

「那個……聶成硯，我回家再貼就好了，在這裡脫鞋真的……好怪啊！」

聶成硯依然抬著頭看我，「只是脫個鞋貼一片ＯＫ繃，有什麼好怪的？妳又不是古代人，腳不能隨便給的男生看到的。或是說……妳有腳臭？」

士可殺，不可辱！聽到聶成硯說我有腳臭，我的好勝心馬上被激發出來。為了證明我沒有腳臭，我迅速的脫了鞋。

聶成硯動作輕緩的把ＯＫ繃貼在我的傷口上，他很小心，盡量不用力觸碰到我後腳跟上的傷口。

貼好後，他站起來，把ＯＫ繃的外包裝拿進便利商店丟進垃圾桶後，又走出來。

他走出來時，我已經穿好鞋，他看看我，說：「走走看，看傷口還痛不痛。」

我依言走了幾步，受傷的地方，因為貼了ＯＫ繃，阻隔了傷口與鞋子的磨擦，已經不痛了。

「不痛了。」我笑了笑，想到手上那瓶要給聶成硯喝的檸檬C，我伸出手，把手中的瓶子遞給他。

聶成硯默默的看了一眼，拿過去，扭開瓶蓋後又遞還給我。

我無言了……

人家……人家是要請他喝的，不是請他幫忙開瓶蓋的啦！

我再度把檸檬C遞上前，說：「是要請你喝的。」

聶成硯再度瞥了一眼我手上的飲料，淡淡的說：「下次買水就好，這個都色素，不健康。」

我愣了愣，最後乖乖的點頭。

回到我住的大樓樓下，聶成硯把我的包包還給我，跟我道別完，又說：「下次別再染頭髮了，傷身，等到年紀大了，時間自然會幫妳染好髮色。」

瞬間，我臉上布滿黑線，連髮色也管？

這個男人，真的很難搞！意見很多，非常難討好。

「……好。」我還是乖乖點頭了……唉，我好沒個性啊！

「明天同樣四點約在圖書館見吧。」

我點點頭。

「記得穿運動鞋來就好，走路腳比較不會痛。」

又走路？我到底是去讀書還是走路的？

我哀怨的又點點頭。

「晚上會不會上線？」

「會吧。」

「今天系統小改版，新增了幾個新副本，晚上去玩看看？」

說到這個，我的本來已經萎靡的精神立刻全消失了，精力充沛的連忙點頭，「好啊好啊。」

聶成硯安靜的看了我一眼，嘴邊有藏不住的笑意，取笑我，「講到打電動，妳就特別來勁啊。」

我搔搔頭，咧著嘴笑。

打電動可比讀書有趣多了，而且現在手遊可是全民運動呢，有哪個學生不愛手遊的？

跟聶成硯道別後，我一蹦一跳，心情很好的蹦回我住的樓層去。

不過一回到家門口，我馬上收斂起滿面的春風，想到林羽希剛失戀，我可不能太招搖啊，這樣很不道德的。

拿鑰匙開門進去，我驚訝的發現林羽希的男朋友居然坐在客廳看電視，見我開門進屋，還大方的跟我打招呼。

「回來啦？」學長陽光般的笑容，堆滿在臉上。

我錯愕的看著他，機械式的點頭，「嗨！」

大概是聽見開門的聲音，林羽希從廚房走出來，手上端了個水果盤，朝我笑著，「回來了？快去洗洗手，來吃水果。」

我還是一臉狐疑，看看林羽希，又瞅瞅學長，真的搞不清楚他們現在是什麼狀況。

回到房間放好包包，順便又快速的沖個澡，換上舒服的居家服後，我踩著室內拖，走到客廳裡，坐在林羽希身旁吃水果，順便觀察觀察這兩個前一天還在鬧分手，隔天就合樂融融坐在一起看電視吃水果的男女朋友。

臥底了一陣子，發現這次他們好像是真的和好，兩個人言談間再正常不過了，我也逐漸放心了。

好孩子是不會當電燈炮的，所以我找了個藉口告別林羽希跟學長，躲回房間裡去，給他們獨處的機會。

一回到房間，我拿出手機，連線登入，才一進入遊戲畫面，聶成硯的密語就傳來了，「好慢。」

「室友的男朋友來訪，我去當了一會兒陪客。」我回他。

「人家的男朋友干妳什麼事？」

對耶，人家的男朋友來訪，干我什麼事？我為什麼要在那裡陪坐？

「呃……來者是客嘛，我總不能把人晾在那裡不管他，這樣會顯得我們很沒禮貌，對不對？」

「沒道理。」聶成硯用他的理智直接回答我。

我被雷在手機螢幕前，愣愣的做不出任何反應。

「自己的男朋友才需要陪，別人的男朋友就不需要多費心力了。」

沒幾秒鐘，他又丟了這個訊息過來。

我看著看著，忍不住就笑了……我怎麼感覺聶成硯在吃醋？

「明白。」我滿臉笑意的回覆訊息給聶成硯。

「到城裡來，我們去玩新副本。」聶成硯丟完密頻後，就把我拉進組隊裡了，我看到龍哥也在隊伍裡。

「嗨，芯芯，妳上來啦？」龍哥一見到我加入隊伍，馬上在隊頻裡跟我招呼，又送出一張雙眼愛心的開心表情。

「嗨嗨，龍哥。」我也送出一個笑咪咪的表情圖。

新副本是要組滿五個人進去打才會比較好過關，但聶成硯跟龍哥在遊戲裡已經算是神人級的角色，所以一個副本裡，只要有他們兩個人在，其他人其實都可以把自己當成是跑龍套的，戰力跟裝備老實說都已經不重要了。

我照例是進去副本裡走走看看，當支會移動的花瓶。

一開始，當然很歡樂，只要遇怪就砍，砍怪我最愛了，我一面砍一面放絕招，還不忘跟聶成硯他們炫耀，「新副本也沒什麼了不起啊，你們看這些怪這麼弱。」

聶成硯沒回我，龍哥倒是回了句，「就怕陷阱在後面。」

我也不以為意，依然打得歡歡騰騰的，還在隊頻裡不停說著話。

到第五關時，冒出來的怪有男有女，地上還會在新怪冒出來時，出現藍色跟紅色的光圈，我沒管地上的光圈，就只是拚命打怪，但怪的血卻越打越多，打到後來，我都怔住了。

「要跑陣吧。」聶成硯在隊頻裡說。

「怎麼跑？」我問。

「不知道，要再研究。」

那說個屁？

我這個人最會隨遇而安了，既然不知道要怎麼跑，那就亂跑吧！

我開始亂跑陣，踩完藍色的光圈，又跑去踩紅色的光圈，再一刀砍向怪，然後就……死了。

不是怪死了，是我死了。

我盯著手機螢幕上顯示「你已陣亡，請耐心等待隊友過關」這幾個紅色字體時，完全無言。

聶成硯跟龍哥還在踩陣打怪，聶成硯見我趴在怪旁邊，還很沒同情心的在隊頻裡說：「玩死了吧？」

哼！要你管。

後來，聶成硯跟龍哥大概研究出來陣法要怎麼踩，他們開始很有規律的踩光圈打怪，一下子就過關了。

託這兩個宅男的福，我的角色雖然躺在副本裡看了幾分鐘的星星，不過因為是同隊的關係，他們過關，我也與有榮焉的領到一個過關禮包。

我點開禮包，發現這新副本的禮包非常的寒酸，不過就是送兩顆三級寶石，和一些升級座騎的馬糧，還有一顆經驗丹。

「好爛的副本，送的都是些沒啥用處的小東西。」我在隊頻裡發牢騷。

聶成硯迅速的在隊頻裡 po 出一本「天書」，引發龍哥跟我的驚呼。

「哇，你開到這個？」我無限崇拜的流著口水問。

也太好運了吧！在我們這個遊戲裡，只要二十本天書，就能換到一隻夢幻座騎，據說那隻夢幻座騎在市面上喊價已經喊到新台幣兩萬元以上了，到目前為止，我們這個伺服器裡還沒有人有那隻座騎，不過在論壇裡，已經有人 po 出在別的伺服器裡，玩家坐在那隻夢幻座騎上的圖片了。

「是昨天去便利商店買東西送的刮刮卡刮到的。」聶成硯回答我們。

那炫耀個什麼勁？害我以為打這個新副本就能開出天書，那我肯定日後天天打，就不相信不能換到夢幻座騎。

後來我們又去打了幾場副本，一邊打一邊討論要怎麼取得遊戲裡的「天書」。

「用新台幣儲點數，去商城裡買禮包來抽，不過聽說開到的機率也不高，有人花了上萬元，也抽不到二十本，不過我覺得花台幣太燒錢了，不划算，玩遊戲就玩遊戲吧，別太沉迷。」龍哥在隊頻裡說。

「聽說遊戲角色結婚後，有個新增的夫妻副本，每天只能解一次，解完後送的禮包有機會開到天書。」聶成硯補充。

遊戲角色結婚後打夫妻副本就有機會抽到天書？哇！這個好吸引人啊！

難怪這兩天老看到有玩家在國頻裡喊著要找純結婚、不談感情的對象，原來都是衝著「天書」來著的啊。

而且我們這個遊戲很妙，結婚不僅能加戰力，夫妻一起打怪還能經驗值倍增，系統還會送給完婚的夫妻戰力鑽戒和特殊武器。女生的特殊武器是鍋鏟，男生的特殊武器是把耙子，特殊武器會因個人的角色職業，隨機給予一項特殊技能，總之，就是一個「結婚好處多多」的概念。

不過一旦離婚了，那些系統送的東西，就會通通被系統收回。

所以很多人才會找純結婚、不談感情的曠男怨女來拜堂。

幾個副本打完後，龍哥說有朋友找他過去幫忙解任務，就急急忙忙退隊，跑去幫忙了。我跟聶成硯無聊的站在城裡，兩個遊戲角色，一身白衣，一身紫裝的肩並肩靠在一起。

我突然又想到「天書」的事，於是在隊頻裡，鼓起好大的勇氣，向聶成硯「求婚」。

「聶成硯，我們結婚吧！」打完字送出時，我感覺自己臉頰上微微的灼熱。

「……」

看著聶成硯回給我的點點點，我深怕他誤會的又補充，「我沒別的企圖，就是覺得結婚的好處好像也不少，可以打夫妻副本收集天書，還可以拿到加戰力的戒指跟特殊技能的武器。」

幾秒鐘後，聶成硯終於用文字回覆我了。

「李孟芯，求婚這種事，不是女生在做的，所以……不行！我沒辦法答應妳。」

我就知道會被他拒絕……雖然只是遊戲，但是被拒絕的那一瞬間，為什麼我還是有一點難過？

好吧！那我只好找龍哥了，龍哥人那麼好，他一定不會拒絕我的吧！

下一秒，我的遊戲畫面裡，滿滿都是玫瑰花瓣飄落的景緻，系統上顯示：

玩家水清石見大手筆送了999朵玫瑰花給玩家芯芯向榮，請祝福他們吧。

我看著那緩緩飄落的玫瑰花瓣，心裡頭滿滿是震驚，接著才不能抑制的對著手機螢幕虛榮的笑起來。

我那少女心啊，就跟那片片飄落的玫瑰花瓣一樣，是繽紛的粉紅色啊！

不到兩分鐘的時間，我的密頻裡就傳來好多線上朋友傳來的訊息，他們都看到系統顯示，紛紛來訊息問我，那些玫瑰花是不是真的是水清石見送的。

聶成硯在我們這伺服器裡，說到底也算是神人級的人物，所以知道他的玩家真的不少。

之前我們公會裡就有幾個人去打副本時，加入別人開的副本團，剛好聶成硯也在。打完副本，他們都對聶成硯的評價極高，說「水清石見」是個真正仗義的漢子，除了打副本幫他們快速清怪，讓大家一路迅速的過關斬將領到過關禮包之外，如果同隊裡有人的主要副本打不過，拜託他一聲，他都會答應幫忙。

在我一一回訊息給那些傳密頻給我的朋友的時候，聶成硯又在廣播頻裡公開向我求婚……

他的求婚方式非常的老套，不過也就是一句：

芯芯向榮，妳願意嫁給我，當我的一生一世嗎？

我看著那些平凡的字拼湊而出的不平凡意義，不能抑制的心跳加速，耳朵也熱辣辣的燙起來。

國頻裡已經瘋了，有許多人在問，「芯芯向榮到底是誰啊？」「長得很漂亮嗎？」「嗚嗚嗚，我心碎了，我的水清石見啊，你怎麼可以跟別人求婚？」

瞬間，我密頻裡的訊息又多了好幾十則。

連龍哥也傳訊息給我，問我到底有沒有看到聶成硯的求婚，還叫我不要龜縮，趕快出來面對。

「我看到了，可是我不知道要怎麼辦，我的手抖得好厲害啊。」我告訴龍哥。

「就答應他啊，傻妹。」龍哥回我。

「在哪裡答應他？密頻？」我又問。

在腦袋完全失去作用的時候，我特別需要一位軍師的指導。

「密頻是用來拒婚的，聶成硯好歹也是我們這伺服器裡的紅人，妳要是同意他的求婚，就學他的方式，用廣播系統公開放閃吧！」

啊，好難啊！第一次被人「求婚」，雖然明知是遊戲，但我還是會手足無措啊。

一緊張，我就想上廁所了。

只好丟下手機，先躲進廁所裡解決民生必需，順便好好想想我該用什麼字句，溫婉而深情回覆聶成硯在遊戲裡的求婚。

結果，一趟洗手間出來，我才拿起手機來看，馬上被眼前的景象嚇住。

一堆人圍著聶成硯跟我，國頻裡大家還在爭相走告，向其他人報告聶成硯跟我的座標，廣播系統裡也有好幾個人好奇的在問，「芯芯向榮到底要不要答應嫁給水清石見啊？」「芯芯向榮妳如果不嫁給水清石見的話，那我要嫁了喔。」「芯芯向榮妳快滾，水清石見是我的……」

不過就是個遊戲嘛，大家有必要入戲成這樣嗎？

聶成硯見我不回應，態度倒也很淡定，既沒有密頻問我要答案，也沒移動角色，依然跟我的角色肩並著肩站在城裡，對四周圍的騷動也絲毫不以為意。

我看著聶成硯的遊戲角色，一襲白衣飄飄，玉樹臨風的佇立在我身旁，想到他剛才公開的求婚方式，忍不住又臉紅心跳了。

水清石見，執子之手，與子偕老……我願意。

半分鐘後，我的回覆出現在廣播頻道裡，接下來，國頻跟廣播頻又瘋了……

這時，龍哥密我，「芯芯，妳終於答應啦？還好我有看到，不然就對小聶難交代了。」

「什麼意思？」我不懂。

「小聶剛才跟妳求完婚，就被隔壁寢的學長叫走了……」

看到龍哥的回答，我當場都快昏了，那我緊張、羞怯、嬌憨、不知所措……不就全都白費了？早知道聶成硯根本就不在手機前，那我就隨便回答個，「好，結就結吧！」不就好了？這麼糾結是給鬼看嗎？

被求完婚後，腦袋暈乎乎的，龍哥說聶成硯不知道什麼時候才會回寢室，看時間晚了，叫我就不用等他了，早點洗洗睡才是真的。

刷牙的時候，一想到聶成硯的求婚，說要我當他的一生一世，雖然明知是遊戲，也知道這一切都不是什麼真實的情話，但是心裡還是會忍不住開心。

想來，我玩線上遊戲加手遊的時間，前後加起來至少也有十年了吧，可是這麼風光，搞得遊戲裡全伺服器的玩家一夕之間都知道我這個人，這還是頭一遭。

刷完牙、洗好臉，走出浴室時，剛好聽到客廳大門的關門聲。

我打開自己的房間門，看見客廳裡已經沒有學長的身影，只剩林羽希一個人在收拾客廳桌面。

我走過去，幫忙她收拾。

「學長回去啦？」我拿起桌上的水杯，對著端著水果空盤的林羽希問。

「嗯。」林羽希點點頭，轉身往廚房走，我跟在她身後。

「你們和好了？」我又問。

「不太算。」林羽希的聲音小小的，低首斂眉，「晚上他很突然的跑來找我，拎著我最喜歡吃的那間蛋包飯來給我吃，本來我不想開門的，但他一直在門外拍門求我，我怕他吵到其他鄰居，只好開門讓他進來，進來後，他一直求我原諒他，說不會再犯了，也會跟那女生斷絕關係，他想要重新來過。」

重新來過？……啊，好賤的八點檔說法啊！

「反正我就把他列入觀察名單吧。」林羽希淡淡的說：「如果談一段感情要談得這麼辛苦，還要瞞東騙西的，那我會寧願放手，給他自由。」

我完全贊同林羽希的想法。

用力的抱了抱她後，我說：「加油啊，不管妳做什麼決定，我永遠支持妳。」

「好三八啊妳。」林羽希笑了笑，又推推我。

我對著她傻笑。

「倒是我看妳，最近氣色好像不錯，怎樣？有好事發生？」

想到「求婚事件」，我的臉上又是一熱。

「也沒什麼，就是最近過得比較順心一點。」我呵呵呵的繼續傻笑。

「跟聶成硯有沒有什麼進展？」

林羽希一提到聶成硯的名字，我的心臟馬上跳落了好幾個節拍。

「……沒、沒有啊……」像被人抓包一樣，我緊張到有點口吃，「就還是那樣啊，一起玩遊戲的朋友。」又想到好朋友之間似乎是不該有所隱瞞的，我隨即補充，「如果有什麼進展，我一定不對妳隱瞞。」

我說的是現實生活中的。

林羽希點點頭，握握我的手，堅定的說：「他會是個好男人的。」

啊！這是什麼話？不能因為人家的外型長得帥就覺得人家是好男人吧！林羽希，妳太膚淺了啦！這個世界上，百分之八十的帥哥都是花心鬼，百分之十是劈腿王，百分之五是色情狂，百分之二是性格古怪，還有百分之二不是太老就是未出生，只有百分之一才是專情又認真的好男人。

但再專情又怎樣？一旦有個條件更好的對象出現，你又能保證對方不會見異思遷？

林羽希洗完杯子餐盤後，又回到房間繼續去跟她的報告奮戰。

我只好也回自己房間去睡美容覺。

但是躺在床上躺了半天，卻老睡不著，只好又開了燈，拿著手機連線上線。

一登入遊戲，聶成硯的訊息就以信件方式傳遞過來了。

三大後舉辦婚宴，聘金一千顆鑽石，讓妳自己去買自己想要的東西，請通知自己的親朋好友來酒莊觀禮，席開一百桌，酒席間經驗值最高等級加倍，紫酒全由我買單，不醉不歸。

看完訊息，我差點吐血。

不醉不歸你的頭啦！紫酒很貴的耶，先生！你以為自己是大富豪嗎？一瓶紫酒要五十顆鑽石，你還席開一百桌……

去系統的月下老人那裡登記一下就好了，有必要這麼撒錢嗎？不過是個遊戲！還沒過門，我就已經在為未來老公的荷包心疼了，唉，我怎麼這麼賢妻良母啊？聶成硯還在線上，我急忙忙的密頻他。

「喂，一百桌太多了啦，而且紫酒好貴……」我說。

「既然要辦，就要盛大點。」

「我又不在乎形式。」

「都用那麼公開的型式求婚了，婚禮哪能寒酸？」

「……」

好吧！人帥就是任性，他老大決定的事，我還有什麼反駁的權利呢？反正花錢的是大爺。

「一千鑽的聘金夠嗎？」沒一分鐘，聶成硯的問題又丟過來了。

「夠夠夠，當然夠，而且太多了，我花不完。」我說的是真話。

「先拿去用，不夠我會再補給妳。」

幹嘛對我這麼好？不過就是遊戲裡結婚啊，搞得好像要包養我似的。

包養？一想到這兩個字，我的精神馬上又全來了。

想不到我李孟芯也有被人包養的一天啊！哈哈哈。

隔天，我乖乖的穿上T恤、牛仔褲，加上一雙一年穿沒幾次的運動鞋，上完課後，到圖書館門口等聶成硯。

聶成硯依然是以英姿颯爽的姿態出現在我面前，我看著他遠遠朝我走過來的逆光身影，心臟又是怦然一跳。

早上上課時，我偷偷傳訊息給韓少武，把我最近的心情報告給他聽，結果他直言斷定，我這種情況，應該就是江湖中傳言已久的……「暗戀」。

「這哪有可能？我李孟芯怎麼可能暗戀別人？」

簡直是晴天霹靂！我不敢置信的回訊息過去給韓少武。

我是誰啊？我李孟芯耶！從小到大，我從來就沒有暗戀或崇拜過什麼人，向來都只有別人暗戀我。我是女神耶，女神啊！

「人哪，一旦還沒死，就不要隨便稱自己是神，就算是『女神』也不行！只要平生之德做得好，死了自然會變成神，這個不需要在還活著的時候就界定好。」韓少武居然還有心情跟我打哈哈。

「想死直言，用不著這麼拐彎抹角，賜你死，我可以不費吹灰之力。」我回了個氣呼呼的表情回去給他。

「娘娘，請息怒，」韓少武馬上送來一個飽受驚嚇的圖案，「小的知錯了，小的不敢了。」

我對著手機螢幕偷偷笑了一下，又悄悄抬起眼皮，看看站在講台上授課的教授有沒有往我這裡看過來，確定沒有危機後，我又繼續跟韓少武用手機傳訊息聊天。

韓少武說我這情形真的不尋常，約我晚上一起吃飯，他要跟我「深入」聊一聊。

「我沒辦法答應你，下午我跟聶成硯約好要一起去圖書館，晚上說不定還有聚餐。」

「哇，你們的感情已經變得這麼好啦？」

「只是去圖書館，他監督我讀書，這樣哪算感情好？」

「那他是以什麼身分監督妳？」

「驕傲的研究所學長身分。」

「喔……那的確是挺驕傲的！你們學校電機系研究所確實不好考，他驕傲也是應該的。」

「……」

大概是因為韓少武說的那些話在我心裡發酵，下午見到聶成硯時，我發現我的心境越發的平靜不下來。

聶成硯仍舊是一臉淡然，我懷疑他的顏面神經可能真的有問題，好像不管遇到什麼事，他都能很淡定的維持一貫的神情，不驚不懼。

比如昨夜遊戲裡的求婚，一般人在前一天做了那麼瘋狂的舉動後，隔天遇到同為當事人的另一方，多少都會有些小尷尬或小害羞吧？

像我就會。

可聶成硯還是一如平常，絲毫不受任何影響。

我突然好想看看聶成硯驚慌失措的模樣啊！既然同為人，總有七情六慾吧？他不可能總是這麼鎮定吧？

坐在聶成硯對面，我根本就不能專心念書，這樣的讀書效率好差，尤其是聶成硯老坐在我對面玩手機，害我更分心。

可是一想到他願意犧牲時間坐在這裡陪我念書，心裡還是甜滋滋的。

就算事倍功半也無所謂了啦！反正我從小到大從來就不是靠實力在考試，靠的是考運。

不過為了聶成硯，我還是要努力考上我們學校的研究所。

今天晚上並沒有聚餐，聶成硯說龍哥今天晚上有家教，要到九點半才會回宿舍。

聽完，我的心情瞬間失落到萬丈深淵裡，今天沒辦法跟聶成硯共進晚餐啦？害我期待了一整天呢，好難過啊！

「那我……我回去的路上就隨便買個東西吃好了。」說完，我學日本人禮貌的向聶成硯行四十五度鞠躬禮，「謝謝你今天抽空陪我。」

聶成硯看著我，淡然的臉上，有薄薄的笑意。

「一起去吃晚餐吧。」說完，聶成硯先我一步的直直往前走去，「吃完飯，我再送妳回家。」

我怔愣了一會兒，馬上心裡甜蜜蜜的小跑步跟上去。

「想吃什麼？」路上，聶成硯問我。

我想了一會兒，沒什麼主意，就說：「想不到，隨便吧。」

「吃不吃魚？」

「吃，」我點點頭，「不過謝絕生魚片，感恩。」

於是聶成硯帶我在巷子裡繞來繞去，最後走進一間像是民宅的不起眼樓房裡，沒有顯眼招牌，也沒有什麼排隊人潮，但一推門進去，不大的空間裡擺了七、八張桌子，幾乎客滿。

「真幸運。」聶成硯站在門口往裡頭瞧了瞧後，揚揚唇角，對我說。

說完，他帶我走到角落那張桌子旁，招呼我坐下，熟門熟路的又走到櫃檯，跟櫃檯點菜的阿姨講了一些話，再回來坐在我身旁。

「我先點了五道菜，先吃吃看，吃不夠再點。」

我乖順的點頭，然後又好奇的四處觀望這間不怎麼起眼的鮮魚店。

「這是龍哥發現的店，龍哥家住在屏東東港，吃慣了東港的海鮮，剛來這裡時，有嚴重的鄉愁，後來有一天不小心發現這裡，吃過他們的東西後，鄉愁就減輕了些，跟老闆娘聊過，才知道原來他們這裡的魚，是每天凌晨從東港運過來的，龍哥從此就變成老主顧。」

這是聶成硯第一次一口氣說這麼多話，我看著他說起龍哥時，那神采飛揚的神態，真的能感受到他跟龍哥確實是莫逆之交。

沒多久，菜一道道上桌了，聶成硯叫了二魚三菜，其中一道菜依舊是我喜歡的紅燒豆腐。

「妳嚐嚐，跟快炒店的比起來，味道有沒有更好？」聶成硯夾了一塊豆腐放進我碗裡。

我一吃，眼睛都亮了。

「……好好吃。」我笑咪咪的又咬了一大口。

聶成硯看我吃得很起勁，直接把整盤紅燒豆腐推到我面前，聲線溫柔的說：「那妳多吃點。」

我點點頭，乖乖的吃起飯來。

其實兩個人吃五道菜，確實吃得有點撐，更何況我還獨自一個人解決掉整盤的紅燒豆腐，問聶成硯怎麼不一起吃豆腐，他說他不喜歡番茄醬，就算是料理過的，他依然不喜歡。

我先吃撐了，所以，到後來換成我在幫聶成硯夾菜。

俗話說：先下手為強。我就是怕聶成硯再繼續夾菜給我，結果把我養成一隻圓滾滾小母豬，而他卻依然是那副風流倜儻的公子哥兒模樣……那就太不公平了，是吧？

所以，我只好把自己吃到九分飽，再用盡心計把其他菜餚一口一口夾進他碗裡。

聶成硯見我夾東西到他碗裡，第一次當然是很關心的問我，「妳吃飽了？」見我小雞啄米似的點頭後，也就順理成章的接受我幫他夾菜的服務了。

我看他吃我夾給他的東西吃得倒是挺享受的。

四周圍的人吃飯都吃得十分喧譁，整間店裡，就我們這桌最寧靜。

但，即使聶成硯跟我沒交談，流動在我們兩個人之間的空氣，仍是和諧而悠然的。

吃過飯，回家的路上，聶成硯跟我有一搭沒一搭的聊著天，我慢慢覺得他好像變親切了，不再像初識時那麼冷冰冰，老愛拒人於千里之外。

從鮮魚店回我住所的路上，會經過一個公車站，平常我跟公車是沒什麼緣分的，反正韓少武的學校離我們學校又不遠，有什麼事，一通電話給他，他就會隨傳隨到，再不然，計程車也很方便，只要往路口一站，手一揚，馬上會有三、四部車不要命的往你面前衝過來。

今晚經過公車站牌時，我卻百無聊賴的往公車站的方向看過去，不看還好，這一看，驚呆了。

我居然看到林羽希的男朋友牽著一個女孩子的手，有說有笑的在站牌下等車。

畫面實在是太令我震憾了，昨天學長不是才去向林羽希道歉，說會跟那女生斷絕關係嗎？怎麼還不到二十四小時，誓言就馬上變成謊言了呢？

「怎麼了？看到認識的？」

見我一動也不動的停下腳步，眼睛直直盯著對街的公車站牌看，聶成硯好奇的在我耳邊問。

「呃，沒事。」聽到聶成硯的聲音，我馬上回過神來，轉頭朝他笑了笑，掩飾的說：「以為是看到認識的人，結果發現我認錯了，沒事沒事，走吧，回家吧。」

聶成硯也朝公車站牌的位置看了幾秒鐘後，才跟我繼續往我家的方向走。

回到家，林羽希去打工還沒回來，我心煩意亂的跑進浴室裡洗了個熱水澡，洗完，又跑到客廳窩在沙發上，拿著遙控器，一台一台的切換電視頻道。幾十個頻道著輪過一遍了，還是沒找到吸引我的節目，就連平常最喜歡看的櫻桃小丸子，今天也對我沒有吸引力了。

只要一想到剛才看到的景象，我就滿肚子火。

十一點，林羽希終於回來了，她見我坐在客廳，一臉笑意的對我說：「妳怎麼坐在這裡看電視啊？今天不玩遊戲？」

對喔！我居然為了一個不值得的人生氣，氣到忘了上線陪一個更值得的人刷副本，呆瓜啊我。

「妳今天怎麼這麼晚？」

「郭學鈞來接我下班，我們去吃了點東西才回來。」

林羽希不提學長還好，她一提，我的火又上來了！

「林羽希，妳知道我今天回家時，經過我們家外面那個公車站牌，看到什麼嗎？」

滿肚子火，我覺得我一定要戳破學長的謊言，不能讓林羽希像個傻瓜一樣的被他耍著玩。

愛情，是用來互相珍惜，不是用來彼此傷害的啊。

「嗯？」林羽希睜大了眼看著我，澄澈清亮的漂亮眼睛裡，閃耀著善良純真的光芒。

我原來鼓漲得飽滿的氣勢，一下子就像被洩光氣的皮球，全沒氣了。到底應不應該告訴她真相呢？如果告訴她，那我是不是就變成給她重重一擊的劊子手？可是不告訴她，難道我要這樣眼睜睜的看著她變成別人腳底下的一條船？

好為難啊！

見我猶豫著不說話，林羽希又好奇的問：「看到什麼啦？」

「呃……就看到一對老夫妻啊。」我朝她笑了笑，開始說謊，「老爺爺牽著老婆婆的手，坐在公車站牌前的椅子上等公車，那樣子好甜蜜，真不知道我老了之後，我未來的另一半會不會也像那位老公公一樣，牽著我的手一起坐在公車站牌下，等公車。」

「李孟芯，妳想太多了，那是根本不會發生的事，好嗎？」

「啊？為什麼？」

「因為那時你們會有專車、有司機啊，妳跟妳老公怎麼有機會坐公車？」

林羽希一說，我馬上忘了剛才我還在為她的事心浮氣躁，立刻三八兮兮的又笑又拍打她的手，一整個像三八婆上身的對她說：「唉唷，妳怎麼這麼看得起我啦？呵呵，不過妳說這話真實在，我好喜歡聽唷，呵呵呵……」

那些難過的事，今晚就暫時忘了它們了吧！我還是最喜歡林羽希微笑起來的樣子，她一笑，整個世界好像也就變得精彩許多。

我還是想保有她這麼純真無邪的笑容。

所以，學長的事，我會試著忘記，忘記我看見他牽著別的女生的手時，臉上那溫柔的表情。忘記我看見他看著別的女生的臉時，嘴角那上彎的微笑。忘記我看見他輕輕撥開別的女生臉上的髮絲，然後在她臉頰上落下一個吻。

我會努力……忘記。

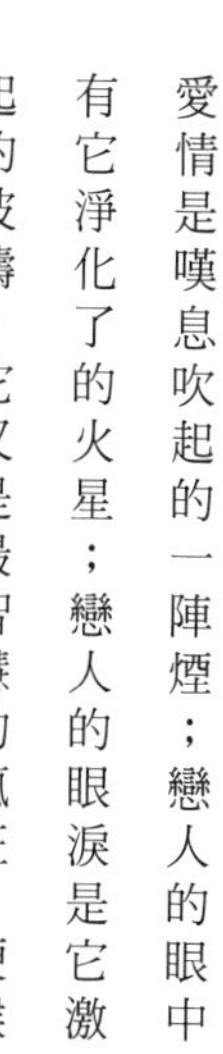

愛情是嘆息吹起的一陣煙；戀人的眼中有它淨化了的火星；戀人的眼淚是它激起的波濤。它又是最智慧的瘋狂，哽喉的苦味，吃不到嘴的蜜糖。

——莎士比亞

三天後的晚上九點，聶成硯跟我在遊戲裡舉辦盛大婚宴。

從他跟我求婚的隔天開始，連續三天晚上，不知道是誰，每天晚上都會用廣播器，在全伺服器頻道廣播我們的婚禮時間。我問了聶成硯，他否認他會做出這麼愚蠢的傻事，龍哥也說人不是他殺的……想來聶成硯在遊戲裡不只名氣高，就連人緣也好，不然怎麼會有人願意花錢幫他造勢？

就連遊戲論壇裡也有幾篇討論我們兩個人的帖子，只不過談到我時，大部分的人都說不認識或沒見過，但一談到聶成硯，就一堆人搶著說他好話。

託聶成硯的福，我在我們那遊戲裡，真正從素人一夕成名變紅人了。

這兩天玩遊戲時，我的角色走在場景中都會有人來打招呼，問我是不是水清石見的未婚妻。還有好幾個我不認識的人要加我好友，問我跟他們加好友後，能不能介紹水清石見給他們認識一下……

我突然變得好有利用價值啊！

婚宴當天，從晚上八點半開始，遊戲中做為婚宴場地的酒樓外來了一大堆人，國頻又開始瘋了，許多人呼朋引伴要來喝免費的經驗加倍酒，廣播頻裡也有人反覆廣播聶成硯跟我的婚禮時間。聶成硯跟我的婚禮，一下子變成整個伺服器的大事，就連敵國的，也有人身掛免戰牌衝來我們這國觀禮。

聶成硯先跟我組隊，八點五十五分，我們一起到月下老人NPC面前，由聶成硯買下一個三生石，他跟我正式在月老的見證下結為夫妻，然後我們領到男女各一套的古代禮服。

九點整，我換上鳳冠霞帔，聶成硯換上紅色長袍馬褂，我們一起出現在酒樓前，一群人看到水清石見大俠出現，瞬間又瘋掉了，國頻洗頻洗到開始有人在對罵。

聶成硯先點了酒樓外的店小二，開啟進酒樓模式，然後一堆人開始狂點店小二NPC，因為席開一百桌，只能容納四百個人，搶先點到店小二NPC的人就能先進酒樓。人數一滿，店小二就會再度變成一個裝飾在遊戲裡的沒用人物，所以大家這時是在比速度的，看誰的手指點功了得，就能搶先進酒樓。

偏偏店小二已經被那群一擁而上的暴民們淹沒在茫茫人群裡，很多人根本就點不到他，只不斷的點到其他遊戲玩家的人頭……

於是，國頻又有人在開罵了……唉，不過就是一壺紫酒啊！有必要為了那壺紫酒，不要個人形象了嗎？

我看到今天熱熱鬧鬧的國頻系統，開心的用隊頻對聶成硯說：「今天好好玩啊，很久沒看到國頻這麼熱鬧了。」

「妳覺得好玩嗎？」

「好玩啊。」

「哪個部分最好玩？」

「嗯……看一堆人撲向店小二的那個部分，還有國頻裡吵架的那個部分。」

「……」

看見聶成硯無言的點點點，我馬上認真思索著：我說錯什麼了嗎？

幾秒鐘後，我得到了答案，我似乎……應該……沒有說錯什麼吧！

好了，不管聶成硯了，反正他那個人就是喜歡沒事找事做，我千萬不要被他傳染了那愛鑽牛角尖的惡習，人活著就是要沒神沒經沒腦的快樂生活著，對吧？

酒樓裡的人數很快就滿了，聶成硯點了個紫酒發送後，一整間酒樓裡的人開始快樂暢飲。接著，有許多人利用區域頻道說了些祝福聶成硯跟我的話，祝福的句子不能免俗的就是些「百年好合」啦、「永浴愛河」啦、「長長久久」啦、「早生貴子」

啦……之類的。

我喜滋滋的照單全收了，還禮尚往來的向那些祝福我們的人一一道謝。

聶成硯坐在我身旁飲酒，安靜得沒一點聲音，我猜他大概又掛機跑去忙自己的事情了吧。

酒樓開放喝酒的時間，一場只有十分鐘，因為後面還有人預約酒樓辦酒宴，所以十分鐘時間一到，系統就自動把我們全送回城裡的廣場中央去了。

然後一群白吃白喝的人們又各自鳥獸散的各玩各的去了。

我看著遊戲畫面裡聶成硯的遊戲角色，他還是一動也不動，等了兩分鐘後，我決定自己去邊境打路邊怪練等級。才剛騎上我的火焰座騎，往邊境的方向跑沒幾步，聶成硯就在隊頻裡出聲了。

「去哪？」聶成硯問。

見他終於出聲，我心底滑過一絲細微的甜蜜。

勒馬停在路邊，我回他，「你不在，我閒著無聊，想去邊境殺些怪，賺賺經驗值。」

「今天是我們的大喜之日，妳不用這麼忙吧？」

才看完聶成硯傳過來的訊息，他的角色就騎著白駒出現在我的遊戲角色身邊。

彷彿他的人真的出現在我身旁一樣，我的心臟又是「咚」的震了好大一下，然後心裡又漾出蜜一般的甜。

「那不然呢？」

這時，系統出現，「水清石見邀您共乘，您是否願意？」的訊息，這是夫妻結婚後才有的福利。未婚時，遊戲角色只能各自騎乘自己的座騎，一旦完婚，男生那一方就可以邀女生這一方共乘一匹座騎。

我雀躍的按下畫面上的「同意」選項，瞬間，我的遊戲人物就出現在聶成硯的白駒上，以側坐的姿態，坐在聶成硯的胸前。

那畫面……好甜蜜、好曖昧、好讓人害羞啊！

我對著手機畫面嘻嘻嘻的傻笑起來。

聶成硯什麼話也不說，就騎著馬帶我到新手村。我記得我剛玩這款遊戲時，經常窩在這個地圖掛機打怪練等，那時還挺喜歡這個新手村的，覺得它是所有遊戲地圖裡景色最美的地方，而且這個地圖的怪也最溫和可愛，從不主動攻擊人，跟高等區的怪明顯不同。

我有幾個線上的朋友，當初也都是在新手村打怪練等時，組隊認識的，大家一起從等級低練到等級高，多少有點革命情感在，還沒跟聶成硯和龍哥一起玩時，我跟那幾個朋友還會常常相約一起去打高等副本任務。

一進入新手村，那些離我遠去的回憶，又一個一個靈活靈現的重回我腦海裡，等級高了之後，我就沒再回來過新手村。

聶成硯帶我來到一處斷崖邊，他收起他的白駒，跟我一起站在斷崖旁。我以為他有什麼話要說，才會帶我來這裡，結果他一句話也沒說，就這樣站在我身邊。

我們玩的這款遊戲畫面是3D的，畫風很美，站在斷崖旁，能看見斷崖下的滾滾江河，還有天邊的晚霞與夕陽。

水清石見的衣角是飄動的，酒宴結束後，系統就把我們的結婚禮服回收了，我們又穿回自己原來穿的衣服，水清石見依然是那一身雪白，而我也仍舊是那身略顯暴露的低胸紫裝。

聶成硯曾經要我換掉我這身衣服，他說我穿這樣不好看，但我不肯，覺得商城賣的時裝裡，就這件最能展露出我的好身材。

我把自己的想法說給聶成硯聽時，他只淡淡的回了我一句，「自欺欺人。」

哼！你又知道了？深藏不露是什麼，你懂不懂？

沒多久，聶成硯打出一串數字，是一組電話號碼。

「把電話記下來，存在妳的手機裡，然後用 line 傳訊息給我，再把妳的手機號碼用簡訊的方式傳給我。」

我愣住。

這個是……什麼意思？

「以後有事就直接找我，想打副本、想到邊境殺怪賺經驗值、想找人陪妳一起打 Boss 王，就直接打電話給我，知道嗎？」

「知道。」我努力壓抑住狂跳的心臟，顫抖著手回覆他。

這是一種「到哪裡都有人陪」的概念嗎？原來在遊戲裡結婚就有這些好處啊？聶成硯這是在實現他身為人夫應盡的陪伴義務嗎？我怎麼覺得我好像真的賺到了？哇哈哈哈。

「還有晚上吃飯也是，如果找不到人陪妳吃，就直接打電話給我，我陪妳去吃。」

「可是……遊戲裡沒有吃飯這個任務啊……」我抓抓頭，有些不明所以的送出這個訊息。

聶成硯沒有馬上回答我，我彷彿聽見他重重嘆息的聲音。

「但現實裡，妳，李孟芯，總要吃晚飯吧？」聶成硯頓了頓，又送出幾句話，「找我，我一定到。」

不知道為什麼，我感覺自己的眼睛好像熱熱的、濕濕的。

被珍惜，原來是這麼美好的感覺……

有了聶成硯的電話號碼後，我覺得我們兩個人的關係好像又往前邁進一大步了。

那天晚上從遊戲裡退出後，我把聶成硯的手機號碼儲存在我自己的手機裡，又把他加入到我的 line 好友裡面，興沖沖的打開聊天畫面，送了個可愛的爆乳小女傭動畫圖檔跟他打招呼，結果他老大很快的回覆我兩個字，「低級。」

我悲傷了……

話不投機半句多，我依約給他我的電話，他也分秒必爭的對我說：「晚了，快去睡。」

然後，一句「晚安」就結束我們那個晚上的交集了。

躺在床上睡覺時，我大概因為心情太雀躍，反而睡不著，腦袋裡不斷浮現聶成硯的電話號碼，不知不覺中，已經把他的電話熟記在腦海裡。

原來，這就是喜歡的感覺。

以前，不能理解哥哥為什麼在喜歡上周曉霖姊姊之後就變得很沒自信，會開始在乎她的一切。她的一句話，就能決定哥哥的快樂或傷心。也不懂，他想念她時，明明只要打一通電話給她或是親自跑去找她就好啦，幹嘛要坐在電話前糾結老半天，猶豫到底要不要打那通電話？更不懂的是，周曉霖姊姊送的一條再平凡不過的圍巾，哥哥竟然能把它當寶貝，天天圍著它……

但是，以前我不懂的，現在全都懂了。

因為，喜歡。

喜歡，所以在乎，所以會狂喜狂悲，明明只是一個小動作，卻能在你的心裡停留一整個世紀。

接下來的日子，還是一如往常的平凡，聶成硯還是每天把我抓去圖書館看書，晚上我就跟他和龍哥一起玩手機遊戲。

有了聶成硯的手機號碼之後，其實日子也沒有多大的改變，他從來都不會打電話給我，我也不會主動找他，有事情，他就會用 line 傳訊息給我。

不過，我還是很喜歡有他陪在我身邊的日子。

現在，我已經變成他們宿舍餐聚的固定班底，除了龍哥之外，我跟他們其他那兩個室友也混熟了。

聶成硯的那兩個室友，一個叫阿偉，一個叫壯哥。

兩個都是宅男，每天除了上課、寫程式之外，就是打電動，生活坐息全跟聶成硯和龍哥一個樣，難怪人家說「物以類聚」。

四月過後，天氣開始變熱，我開始換上短袖衣服和短裙。有一次，去聶成硯他們的宿舍餐聚時，因為天氣熱，我特地穿了條新買的迷你裙去。一走進餐廳，阿偉就眼尖的看到我，他撞撞壯哥的手，壯哥也朝我看過來。然後兩個色胚開始叫囂，還吹口哨，說我穿這樣就對了，女生就是要穿短裙才能彰顯出我們如花的青春，和修長雪白的長腿，不能老穿一條牛仔褲，這樣男生都沒福利了，很不道德。

兩個臭宅男你一言、我一語的一直捧我，捧得我心花怒放，開心得直笑。

那時龍哥去兼家教，要晚點到，聶成硯剛好也被他的指導教授叫去幫忙整理資料，我只好一個人走路過去餐聚場所。

幸好他們那次的餐聚地點離我住的地方只隔兩條巷子，不遠，所以我才能穿著迷你裙，搭一雙中跟高跟鞋走路過去。

不過，聶成硯趕來時，一看到我的穿著，一張本來還揚著淡淡笑意的臉，馬上沉了下來。

他馬上脫掉自己身上那件薄外套，動作有些粗魯的把他的外套塞給我，冷著聲音說：「蓋上。」

我再笨也知道他說的是什麼，只好乖乖用他的外套蓋住自己的腿。

阿偉跟壯哥也察覺出聶成硯臉色不好，識相的找別的話題跟他聊，直到龍哥也來了，還是不見聶成硯的臉色好轉。

這人怎麼脾氣這麼壞？

而且，我穿短裙又怎麼了？男生不都愛看女生穿迷你裙嗎？他到底是生什麼氣？

餐聚完，聶成硯照例要送我回家。

但我一站起來，龍哥這才發現我穿的是迷你裙，馬上露出讚賞的表情，笑咪咪的對我說：「芯芯，妳今天真美。」

聶成硯一聽，不爽了，馬上從我手中搶過他的外套，用他的格子外套衣袖在我的腰間綁了一個結，又把他的外套釦子全釦起來。瞬間，我的迷你裙變成了蘇格蘭及膝裙……

「喂，小聶，你幹嘛啊？」龍哥為我發出不平之鳴，「芯芯穿迷你裙很好看啊，她腿長又白，你遮什麼遮？」

「怕她感冒。」聶成硯說完，拉著我的手，直接就往外面走。

雖然他是牽住我的手了，但我是被他拉著走的，因為穿著高跟鞋，聶成硯的腳大又快，所以我被拉著走得有點踉蹌，一點唯美氣氛也沒有。

「穿什麼高跟鞋？不是說出門穿球鞋就好了嗎？這麼愛漂亮做什麼？不怕腳跟又被磨破皮？」

聶成硯面露凶光的回頭瞪了我一眼，被他那一瞪，我本來醞釀好要衝口罵出的話，一下子又全都吞回肚子裡去了。

從大街轉入巷子裡，聶成硯又發問了，「妳剛才是走巷子過去的？」

「嗯。」

我一回答完，聶成硯突然停下腳步，我一時剎車不及，撞上他硬邦邦的後背，鼻子疼得眼淚都冒出來了，我摀著鼻子，飽受委屈的說：「好痛……」

聶成硯一點也沒有憐香惜玉的心疼樣，他餘怒未消的繼續唸我，「妳就穿這麼短的裙子在巷子裡走路？萬一又像上次那樣遇到搶匪，要怎麼辦？妳那雙高跟鞋跑得動嗎？」

我看著他，鼻子又酸又疼，他不問問我有沒有撞疼了，或關心一下有沒有怎麼樣也就算了，現在還為了我穿迷你裙的事情對我發脾氣……不過就是條裙子嘛，有哪個女生不愛漂亮的？穿條迷你裙就罪該萬死嗎？更何況，他又不是我的誰，幹嘛管我要穿什麼嘛！

而且，他罵人的樣子，真的……好凶！我哥罵我都還沒這麼凶呢！

我的心裡委屈死了，嘴一扁，眼淚就真的掉下來了。

我一邊啜泣，一邊抹眼淚，嘴裡還委委屈屈的說：「不要罵我了啦……」

聶成硯果真不罵我了，他停住動作看著我，那眼神裡的情緒我讀不懂，反正已經不再是生氣的情緒了。

慢慢的，他伸出手，溫熱的掌心貼在我的臉頰上，右手拇指輕輕抹掉從我眼眶裡掉出的淚珠，彷彿是委屈的情緒有了被心疼的珍惜，我的眼淚掉得更急更快了。

怎麼止都止不住。

聶成硯嘆了一口氣，一隻手扣在我的後腦杓上，一用力，瞬間我整個人就這麼軟呼呼的跌進他懷抱裡。

這……這是什麼情況？

我嚇壞了，整個人一動也不敢動，忘了哭，忘了呼吸，只是抬著頭，睜大了眼看著聶成硯。

聶成硯也低著頭看我，然後我發現他的臉靠我越來越近、越來越近……

我的嘴唇碰觸到一個柔軟冰涼的東西，腦袋裡只想著一件事：啊！我的初吻啊！

事情發生得太突然了，突然到我忘了要閉上眼睛，也忘了要環抱住聶成硯的脖子……電視上都是這麼演的，我看了好幾十次戲劇裡男女主角接吻時應有的表現方式，那時也想過，如果以後跟自己喜歡的男生接吻，我也要很享受的閉起眼睛，踮起腳尖，雙手環抱住男生的脖子，把自己掛在他身上般的沉浸在這種甜蜜的幸福裡。

但是，此時此刻，幸福來臨了，我卻完全沒辦法照表操課。

聶成硯一隻手維持原狀的扣住我的後腦杓，一隻手緩緩覆蓋在我的眼睛上，在他溫暖的掌心中，我慢慢閉上眼睛。

我的腦袋是混沌的，心情卻是愉快的。

眼睛是潮濕的，嘴角卻是上揚的。

嘴唇是冰涼的，內心卻是熱烈的。

因為我知道，屬於我的愛情，來了。

後來，聶成硯牽著我的手，一路走回我住的地方，這一次，他不再只是送我到我家樓下，還堅持要陪我上樓。

「要送妳安全進家門，我才會放心。」聶成硯說。

雖然我取笑他太過操心了，但心裡卻有甜甜的幸福感。

到住處門口時，我掏出鑰匙開了大門，問聶成硯要不要進來坐坐。

聶成硯搖搖頭，很紳士的態度，「時間晚了，下次吧！下回我找個白天的時間再來拜訪。」

我點點頭，然後開始解開他綁在我腰上的那件外套的釦子。

「下回我再拿好了，妳就樣穿著進去吧。」聶成硯溫柔的說著。

我想想也好，借了人家的衣服，也是該洗一洗再還回給人家，這是一種禮貌啊。

跟聶成硯難分難捨的道別後，我看著他走進電梯裡，看著電梯一層樓一層樓的往下移動，才走進屋子，關上大門。

林羽希已經回來了，見我進門，她的臉上掛著淺淺的笑，問我，「剛才是聶成硯送妳回來的？」

我點頭。

「你們開始交往了嗎？」

林羽希不問還好，她這麼一問，我就不由自主的想起幾分鐘前，在巷子裡那個冰冰涼涼的初吻，整個人又無法克制的臉紅心跳。

以前我看電視時，電視裡的女生常會說，跟喜歡的人接吻，有時會有一種觸電的感覺。

那時我覺得這個講法是一種誇飾法，只不過就是嘴唇碰嘴唇，哪會誇張到觸電？後來林羽希談戀愛時，我也問過她跟學長接吻，有沒有觸電的感覺，林羽希那時說：「沒有，只是心跳加速了。」

林羽希的回答讓我更確認「觸電」的說法，真的就是誇飾法無誤。

可是剛才，當聶成硯的嘴唇與我的碰觸時，還真的有電流流過似的。

原來，是真的有觸電的感覺的！

「應該算，不過也可能不算……」我撓撓頭，不確定的回答。「聶成硯沒說他喜歡我，也沒說要我做他女朋友，可是剛剛他、剛剛他……」

一想到方才的畫面，我的臉頰又是辣辣的燙熱，話都說不出來了。

「他親妳了？」

林羽希真不愧是談過戀愛的人，光看我一副扭扭捏捏、欲語還休的模樣，馬上就能猜得出來真正內幕。

我嬌羞的點點頭……承認這種事，真是令人害臊。

林羽希開心的摸摸我的頭，眼神溫柔的看著我說：「恭喜啊。」

「呃……他又沒說喜歡我……」

「不喜歡妳怎麼會親妳？」林羽希對我笑笑，「再說了，聶成硯也不是那種隨隨便便的男生，是吧？」

也、也對啦！

「可是就算是這樣，那也不代表我就是他女朋友，對吧？我還是要聽他親口承認才算數。」

我就是沒辦法接受「感受式」的喜歡方式，一定要親耳聽見告白的話，才能真的相信。

後來，我們坐在客廳裡聊著聊著，林羽希突然告訴我，她跟她男朋友正式分手的消息。

我很錯愕，但也有些慶幸，學長或許並不是真的適合林羽希。林羽希的態度很平靜，應該是因為之前那場差點分手的爭吵，讓她意識到學長的不專情，所以提早做好心理建設了吧！

「妳還好吧？」雖然明知林羽希並不脆弱，我還是有點擔心。

林羽希點點頭，臉上依然有著淺淺微笑，「遺憾還是有的，不過已經不那麼心痛了，真走不下去，強求也是沒有用的。」

「如果真難過了，還是要跟我說，好嗎？就算沒辦法減輕妳心裡的痛苦，至少我可以陪妳買醉、咒罵，或是打惡作劇的電話去擾亂他……」

我一說完，林羽希就笑了，她拍打了我的手臂一下，就像平常我跟她講笑話時她覺得好笑的那種反應。

「我才沒那麼幼稚呢。」她說。

晚上，聶成硯打電話給我。

「睡了嗎？」他的溫柔聲音中，透著些許的慵懶，在安靜的夜裡聽起來，特別性感又有磁性，我聽著他說話的聲音，想起我的初吻，不免又有些意亂情迷。

「還沒，正要睡，怎麼了？」

「沒有，就是想……」聶成硯說到這裡，就突然停住了。

想？想我嗎？

雖然聶成硯沒有把話完整說完，但我就是認定答案就是這個，於是整個人輕飄飄的像是走在雲端上，樂悠悠的直傻笑。

「妳今天怎麼沒上線？」頓了一會兒，聶成硯重新找話題問我。

「室友失戀了，我陪她聊天。」

「就是上次那個她男朋友來，妳忙著當陪客的那個？」

這個人的記性那麼好是怎樣？我都已經忘了那件事了，他還提起來。

「對。」

「上次妳在公車站看到的那個男生，就是她男朋友吧？」

「哪一次？」問完，我馬上回憶起上次在公車站牌前看到的情景，馬上又回答聶成硯，「喔，對，不過，為什麼你會知道那個人是我室友的男朋友？」

他的觀察力未免也太驚人了吧！以後我可要小心點，千萬不能背著他做壞事，不然一定會被他看出來。

「因為他牽著的那個女生，是我同學的妹妹。」

「……」我無言了幾秒鐘後，才出聲，「聶成硯，我們結盟吧！」

聶成硯大概是被我的話雷住了，突然間不說話了。

「聶成硯，你還在嗎？」三秒鐘後，我朝著手機輕聲的問。

「……李孟芯，妳傻了吧？好端端的，妳約我結什麼盟？」

「我需要你的幫助，但你要答應我，這件事，千千萬萬不能讓你同學知道，可以嗎？」

「妳又在打什麼歪主意？」

「我是正經的，沒打歪主意，聶成硯，你會答應我的，對吧？」

「不一定。」

「唉呀，別這樣嘛！」我急起來，開始口不擇言，「好歹我們也是當著月老的面發過誓、拜過堂的吧！夫人有難，難道相公不應該前來相助？」

聶成硯的語氣淡淡的，直接潑我一身冷水，「那是遊戲。」

喔！對喔，那是遊戲。

我一下子清醒過來。

「好吧，那當我沒提，你早點睡吧。」我失望的說。

「妳說出來讓我聽聽吧。」

「反正你又不會幫我，我說出來幹嘛？」我的聲音裡透著濃濃的哀怨。

「也不一定。要邀人結盟，也得讓結盟的對象知道事由是什麼，利益在哪，才有辦法說服人家跟妳結盟吧？」

嗯……是有那麼一點道理。

「你會寫電腦程式吧？」

「……」

我的問題太笨了，所以聶成硯根本就不想回答我……好！這個我可以理解，於是我又接下去問：「那木馬程式，你會寫吧？」

「複雜的還是簡單的？」

這可問倒我了，基本上，我就是個電腦白痴，只知道有木馬程式，但不知道木馬程式還有分等級。

「嗯……應該不用太複雜吧，就是放幾隻病毒在別人的信箱裡，讓他只要開信箱，電腦就死當……這樣子，會不會太難？」

「不會。」

「那你願意幫我嗎？」

「不想。」

「……好，那，晚安吧。」

「信箱給我。」

於是，我開心的跑去向林羽希要了她「前」男友的電子信箱，再把那個「踩船男」的信箱帳號給了聶成硯。

隔天，聶成硯來接我去學校上課。

看到他時，我有些意外，接著，一絲甜蜜的感受就這麼喜滋滋的滑過心頭……

唉呀，男朋友來接我上學呢！想不到我終於也到這麼一天了呀，哇哈哈哈。

「你怎麼來了？」

我丟下正要跟我一起去學校的林羽希，蹦蹦跳跳的蹦到聶成硯面前，笑彎了一雙眼的看著他。

聶成硯一身輕鬆打扮，一件T恤加牛仔褲，非常學生式的穿法，但他本身就是衣架子身材，即使是這麼普通的衣服穿在他身上，也能穿出質感來。

一整個就是風流倜儻、氣宇非凡啊。

看著他，我彷彿漫畫裡少女看到心儀對象時那樣，兩顆眼睛冒出愛心……

「來接妳上課。」語氣還是一如往常的平淡，但平淡中，又似乎夾雜了些許的柔情。

我已經太習慣他的矯揉造作了，真是個傲嬌少年郎啊。

「我跟室友一起去學校就好了啦，你還特地跑這一趟。」我矯情的說著。

林羽希看到這情形，非常夠意思的走過來跟我說她先去學校了，然後笑著對我們兩個人揮揮手，就走掉了。

「所以以後不用來接妳去上學？」見林羽希走遠了，聶成硯把話題又拉回來。

廢話，當然要啊。

你不知道女生是世界上最喜歡說反話的動物嗎？套用電影《的少女時代》裡的那句經典台詞來說，「女生啊，是很難捉摸的，我們說沒事，就是有事！沒關係，就是有關係！」

見我沒回答，聶成硯又說：「那好，明天我就不用這麼特意早起了，反正妳會跟同學一起去學校嘛！」

我嘟起嘴，一臉哀怨的瞅著他。

「又嘟嘴。」聶成硯嘴角揚起笑，他用他的食指跟姆指輕輕捏住我的嘴唇，「這樣子好醜。」

「要你管！」我打掉他的手，撇撇嘴角，有些賭氣的說著。

「不要我管嗎？」聶成硯的眼神裡閃過一絲頑皮，「那樣也好，省事。」

我又不滿的瞟了他一眼，嘴裡哼了一聲。

聶成硯終於笑出來，用手摸摸我的頭，聲線溫柔的說：「以後天天給妳送早餐，天天來接妳去學校。」

「這樣才對嘛。」我皺皺鼻子，淘氣的朝他咧嘴笑。

心情一下子又變好了。

去學校的路上，我吱吱喳喳的跟聶成硯說了不少話，他多半都只是安靜的聽著，偶爾遇到我問他意見時，才會回答我幾句。

到學校正校門口那個大十字路口時，我們跟一群學生站在校門口對面等紅綠燈，小綠人出現後，一大群人就踩著斑馬線往校門口移動。我站在原地一動也不動，一開始，聶成硯沒發現，也跟著人群往前走了幾步，後來大概是沒看到我的身影，回頭發現我還站在原地，又折回來，瞅著我。

「怎麼不走了？忘了帶什麼東西嗎？」

我搖搖頭，然後伸出我的左手。

聶成硯不懂得我的暗示，狐疑的看看我的手，又問：「怎麼了？」

「牽手。」我鼓著腮幫子說。

「啊？」

「人家男女朋友都是牽手過馬路的。」

我指著前面那群跟我們同校的大學生，裡頭有好幾對情侶，他們都手牽著手，邊走路邊說說笑笑，看起來好甜蜜。

聶成硯定定的看著我，一動也不動。

幾秒鐘後，我在心裡嘆氣了……好吧，我只能把他一動也不動的舉動解釋成聶成硯應該是害羞，不敢在這麼多人面前牽我的手了。

牽手這種事，對一個宅男來說，大概也需要鼓起極大的勇氣才做得出來吧！

就在我打算放棄，慢慢放下自己的手時，聶成硯卻伸出右手，緊緊的牽住了我。

我看著他與我十指交握的那兩隻手，突然有種泫然欲泣的衝動。

抬起眼皮，我看著聶成硯俊俏的臉龐。

聶成硯的眼睛卻看著紅綠燈燈誌，說：「現在走過去也來不及了，等下一個綠燈吧。」

我點點頭，心裡有飽滿的歡喜。

愛情啊，原來是這麼樣的美好。

我們交往的事，聶成硯並沒有主動對龍哥或其他人說起。

知道這件事的人，只有我們兩個當事人，還有林羽希跟韓少武。

韓少武知道我死會後，憂喜參半的問我，「他對妳是真心的吧？」

呃……問到問題重心了，我、我也不知道啊！人心隔肚皮，我又不能剖開他的身體，把他的心拿出來看一看，可是……他那麼帥！

「帥有個屁用？」韓少武聽見我的回答，嗤之以鼻。「我也長得不賴啊，但沒遇到真心愛我的人，就什麼都不算啊。」

這我完全同意啊，這年頭，真心比什麼都難。

「李孟芯，妳要相信，這年頭，男人都是壞蛋，妳唯一可以相信的就只有妳爸、妳哥，還有我。」韓少武語重心長。

「說不定聶成硯也是顆好蛋啊……」我氣勢弱弱的回答。

「日久見人心啊，我只能這樣說。」韓少武講完，又不放心的叮嚀我，「李孟芯，妳知道的，女孩子最珍貴的是貞操，這一點，妳一定要把持住，懂嗎？」

「喂，韓少武先生，你會不會想太多了？」我氣急敗壞的吼回去。

「就是替妳擔心嘛。」韓少武一副擔心我就要被吃掉了的表情。

「安啦安啦，我會保護自己的，你可別忘了，我小時候也是學過半年跆拳道的呢。」

「就憑妳那三腳貓的招式？」

「什麼三腳貓？好歹我也是黃帶呢。」我的手在空中揮舞了幾下，嘴裡還發出，「喝！喝！喝！」的唬人聲音。

韓少武斜眼看著我，樂開懷的直笑，「娛樂效果特強呀。」

「講那什麼話？」我不滿意了，做出李小龍式的比武動作，說：「要不，我們去外面單挑吧。」

「挑個屁。」韓少武挖了一口蛋糕塞到我嘴裡，「我好男不跟女鬥。」

「哼，會怕就說一聲，不用拐彎抹角。」

「李孟芯，妳激不動我的。」韓少武拍拍我的頭，「我可不是被激大的。」

哎，韓少武怎麼越來越無敵，百毒不侵啊？

一說完，我立刻又發現韓少武的皮膚白皙Q嫩，簡直比少女還要少女，而且看起來零毛孔。

把眼睛湊向他的臉，我直直盯著他臉上看，還真的看不出毛細孔在哪兒呢！要不要這麼刺激人啊？一個大男人皮膚這麼好是怎樣？逼得我們這些女生的面子是要擺哪裡？

「韓少爺，你的皮膚是不是換保養品啦？膚質看起來好像比之前更好了。」

我用手摸了一下他的臉，哇塞，簡直比我的還要光滑。

韓少武摸了摸自己的臉，笑咪咪的回答我，「對啊，我換保養品了，之前擦的那種乳液會過敏，我去看了皮膚科醫生，他說我的皮質比較薄，容易過敏，不能擦有刺激性的保養品。」

「所以你換成哪種保養品？」

「說出來妳會怕。」

「快說。」

「講完，妳一定會驚嚇得倒退好幾步。」

「少廢話，快說。」

「小屈有在賣。」

「韓少武，你要不要這麼娘啊？一句話拖拖拉拉的，快說，不然我們就去外面單挑。」我的手又在空中揮舞了幾下，還不忘「喝！喝！喝！」的發出聲音壯聲勢。

「凡士林，一瓶五十九元，可以用很久，還很保濕。」

果然是阿嬤級的保養方式啊！

「當我沒問好了。」我翻著白眼說。

因為韓少武那席「男人少真心」的論點，我心裡多多少少受到了影響，看聶成硯的眼神裡，也多了幾分觀察。

「看什麼？」

隔天，跟聶成硯去吃晚餐時，我完全不像平日那樣的發揮「吃貨」精神，美食當前，我卻只盯著聶成硯看。

聶成硯發現了，關心的問我。

「聶成硯，你老實回答我，你跟我……不是玩玩的吧？」

聶成硯一臉突然被雷打到的表情，他瞥向我，「妳看我的樣子像是在玩嗎？」

是……不像啊！但是，鬼才知道你的心裡在想什麼呢！壞人也不會在臉上寫「我是壞人」這四個字啊。

「我哪知道！」我拿筷子戳著碗裡的飯粒，一下又一下。

聶成硯的表情一下子就嚴肅起來，他鄭重發表聲明，「李孟芯，我從來不跟人家玩玩的。」

哇！認真起來的表情看起來更帥氣了。

聽他這麼一說，我又心無芥蒂的開心了，笑嘻嘻的扒著飯吃，又從他的盤子裡夾了一片炒雞肉往我自己嘴裡送，聶成硯看見了，自動夾了幾片炒雞肉放進我碗裡，還不忘叮嚀我，「多吃點。」

「不能再多吃了，再吃下去，我就真的要胖了。」我有些憂傷的說：「這陣子老是跟你們宿舍的人餐聚，我都長肉了。」

「肉多點才好，妳太瘦了。」

「傻傻的你不懂，瘦才好，瘦的人穿什麼衣服都好看，重點是，我真的沒有太瘦，也不能再胖了。」

聶成硯沒再跟我抗辯，只安靜的從他的餐盤裡再夾了一些菜，送到我的餐盤裡，說：「妳還是多吃點、長些肉比較好，抱起來至少比較舒服。」

我的臉「轟」的一下，灼熱了。

送我回家的路上，聶成硯牽著我的手，安靜的慢慢走在巷子裡。

我想起我跟他交往的事，我的兩個知心朋友都知道了，他是不是也該讓龍哥知道一下？

對女生來說，名分是很重要的。

「龍哥知道了嗎？」我抬起頭看著聶成硯，聲音低低的問。

整條巷子裡只有我跟他，昏黃燈光下，我跟他的身影被拉得長長的，又交疊在一起，很有浪漫氣息。

「沒說。」聶成硯淡淡的回答。

「不打算說嗎？」

「是沒有主動交代的必要。」

瞬間，我的心頭像有什麼東西哽住了一樣，非常的不舒服。

「龍哥不是你最要好的朋友嗎？」我停下腳步，不肯走了，抬起眼，直直看著聶成硯的眼睛，「好朋友不是最不能隱瞞的嗎？有什麼事，不是都要在第一時間告訴自己的好朋友，讓他來分享你的心情嗎？」

「李孟芯，男人間的友情跟你們女生間的友情，是不一樣的。」聶成硯好脾氣的摸摸我的頭，安撫我，「我們並不會主動向自己的好朋友交代所有的事，比如交女朋友這種事，如果沒人問起，我也不會主動提起。」

「可是我就會主動說啊。」

「所以我才說，這是女生跟男生的差別。」

我不開心了，心裡有點生氣，更多的是焦慮。

他不公開我們的關係，那我是要怎麼像小說和戲劇中形容的那樣公然宣示主權呢？

聶成硯發現我的情緒反應，微微彎下腰，眼睛與我直視，語氣溫和的說：「又鬧彆扭啦？」

「沒有。」我撇過頭，不看他，語氣僵硬。

聶成硯突然一隻手攬住我的腰，一隻手扣住我的頭，蜻蜓點水般的在我的唇上落下一個吻，然後笑著，「我女朋友今天怎麼這麼愛鬧脾氣呀？這可不好，公主病千萬別來啊。」

我被他突襲得腦袋昏昏的，雙手抓住他的衣領，腳還有些發軟。

「還、還不都是你害的？」我回答得很沒有氣勢。

聶成硯低下頭，又突襲了一下，壞笑著，「想公開？」

我頭昏腦漲的點頭。

「那我晚上上我們電機系ＢＢＳ，把我們的關係直接公開了。」

他這一說，我馬上被嚇醒，頭也不昏了，腳也不軟了。

「不用這麼盛大吧？」我不過也就是要你讓龍哥知道一下，以示你對我的真心而已啊，你有必要昭告天下？

聶成硯一臉正經，語氣卻充滿戲謔的說：「夫人可是我用九百九十九朵玫瑰，外加鑽石上千顆，才娶到的，當然要盛大公開關係才行。」

那是遊戲！我又沒真的收到你九百九十九朵玫瑰，鑽石也是連一個影兒也沒見到。

送我回到家門口，聶成硯等我拿鑰匙開了門，輕輕的抱了我一下後，才走進電梯裡，跟我道別分手。

心情愉快的拿了換洗衣服進浴室沖澡，洗完澡出來時，正好林羽希下班回家了。坐在客廳的沙發椅上，我手裡拿著毛巾，邊擦頭髮，邊看電視，見林羽希走進來，就笑咪咪的問她吃過東西了沒，肚子餓不餓。

林羽希搖搖頭，心情也很好的樣子，她先把包包拿進她房間裡放，又走出來，從冰箱裡拿出一顆蘋果，清洗完，連著皮一起吃。一面吃，她一面對我說：「今天郭學鈞打電話給我。」

一聽到林羽希「前」男朋友的名字，我馬上睜圓了眼，轉過頭去看著她。

「他打電話給妳幹嘛？又求和？」

「不是，」林羽希搖頭，「他問我有沒有亂改他電子信箱的密碼。」

「啊？妳知道他的信箱密碼嗎？」

「不知道啊。」

「那他是神經病嗎？自己忘記密碼還來質問妳！」

「他說他的電子信箱怪怪的，只要打開，就會整台電腦死當，他以為電腦中毒了，可是掃毒也掃不到半隻毒，所以才來問我。」

我的腦袋突然「噹啷」一聲，懂了。

接著情緒變得好雀躍……我知道發生什麼事了。

我的男朋友真的是好棒啊，有沒有？

「前幾天我不是問妳要了郭學鈞的電子信箱？」我激動的抓住林羽希的手，興奮的問。

「嗯。」林羽希點頭。

「那時我去問聶成硯會不會寫木馬程式，叫他放幾隻病毒到郭學鈞的電子信箱裡去，只要他打開電子信箱，就讓他的電腦直接死當。本來聶成硯還不想理我，後來他又跟我要了郭學鈞的e-mail，之後就沒下文了，我以為他就只是問問，想不到他還真的寫了病毒程式了，呵呵呵。」

我得意的直咧著嘴笑。

我這個男朋友啊，還真是長得帥又有才啊，是不是？

林羽希一聽，也開懷的笑了。

「真強啊，妳男朋友。」

一聽到有人稱讚聶成硯，我更開心了。

「是啊是啊。」我一點也不謙虛，「而且人又長得帥，還是衣架子，穿什麼衣服都好看，幸好沒去當模特兒，不然我就要傷心了。」

「為什麼要傷心？」

「傷心他被別人追走啊！演藝圈美女那麼多，隨便一個站出來都能豔冠群芳，我就只有到牆角去畫圈圈的份了。」

「說那是什麼話？」林羽希拍拍我的手，溫和的說：「我們家的孟芯可是天然美女哪，是那些人工美女比不上的，她們不過是妝化得濃了點，臉上或身上的假東西多了點，要不然來比素顏看看，我看她們卸了妝，一定不敢在大街上亂跑亂竄，怕出去嚇了人，那才罪過。」

林羽希刀刀見血的說，我聽得心花怒放，呵呵的直傻笑。

是哪，聶成硯是長得帥，可我也沒長得多失敗啊！

而且套句聶成硯說的話，我可是他用玫瑰跟鑽石，公開求婚後才娶回家的夫人呢！

一想到這裡，我的臉又紅了……唉，最近臉紅的頻率似乎是高了點，這跟血液循環相關嗎？我看我是不是應該去找始作俑者聶成硯掛個號，看看他能不能幫我治治這惱人的怪毛病。

晚上上線，一進遊戲裡，我就看到聶成硯在線上。

線上結婚的好處就是不用從好友名單裡去確認你的另一半在不在線上，螢幕的右上方會在結完婚後出現一顆小愛心，只要你的另一半也在線上，小愛心就會發亮，朝小愛心一點，整個人就會瞬移到你另一半身旁去。

我按下小愛心後，就直接出現在聶成硯身旁，他正騎著馬在趕路，我的遊戲角色坐在他胸前的馬背上，曖昧的姿態，又讓我羞澀起來。

「你要去哪？」我用夫妻專用頻道問他。

一見我出現在他身邊，聶成硯馬上把我拉進組隊裡，龍哥也在，還有另外兩個他們幫會裡的人，我見過幾次，不過沒聊過天，不太熟。

啊。

「去揚州殺敵。」聶成硯回覆我。

「為什麼？」現在又不是國戰時間，他沒事去殺什麼人？這不像他淡泊的個性

「剛才我們幫會的人在揚州邊境解任務，被揚州的人殺了，他們復活回城了，再過去，又被殺，所以整個幫會的人約好了，要一起過去幫他們復仇。」

男人同仇敵愾的點真令我們女人匪夷所思，玩遊戲本來不就是殺來殺去，你死我活？更何況你們是去別人家被殺的，又不是在自己家裡遇到劫匪被砍，這樣有什麼好報仇的？

「那我現在跳馬還來得及嗎？」我可是對殺來殺去沒啥興趣，我只喜歡砍怪。

「來不及了，妳一起來殺吧。」

「我哪行啊？我是什麼程度？再說，我這中看不中用的近戰，可能才衝到敵人面前，都還沒揮刀就已經陣亡了……不行不行，我要跳馬，你們自己去。」

就在我打算要使用回城符逃跑時，龍哥在隊頻裡出聲了。

「芯芯，妳來啦？」

「嗨！龍哥，你好。」

「談了戀愛就不認識啦？還你好咧，這麼客套幹嘛？大家不熟嗎？」

我一時語塞，連忙再回到夫妻頻道，問聶成硯，「龍哥知道我們的事了？」

「嗯。」

「你告訴他的？」我覺得自己真笨，問這種廢話，不是聶成硯告訴龍哥的，難道龍哥會通靈？

「夫人交代的事，相公不敢不遵從。」

「……」

最後，我還是跟著聶成硯他們公會去打了敵軍，其實我也就只是撿尾刀賺功勳而已，有聶成硯跟龍哥保護我，我就算站在一旁看戲，也是安全的。

打完仗，回城後，大家紛紛退組，龍哥說他還有程式還沒寫完，再不去趕一下，明天肯定要被老闆K了，說完就離隊下線了。

剩聶成硯跟我……

「我們的事，你只跟龍哥說吧？」我找話題聊。

「沒，阿偉跟壯哥也知道了。」

唉呀，幹嘛這麼大張旗鼓？這樣下回聚餐時，我要拿什麼臉去見大家？

「你怎麼都說了呀？不是說只要跟龍哥講就好了嗎？」我小小的埋怨了一下。

「又不是什麼丟臉的事，而且早晚要公開的，只跟龍哥說的話，對阿偉跟壯哥就太見外了，大家又不是不熟。」

「可是這樣下次我見到他們，會不好意思啊。」

「沒關係，不好意思個兩次就習慣了。」

「……」

這個聶成硯真是跟著我在一起久了就學壞了，越來越會耍嘴皮子，這樣子下去不行，他的男神形象總有一天會毀在我手裡。

我突然又想到，我上線來，是要問聶成硯關於林羽希她前男友的電子信箱事件。

「我室友今天跟我說她前男友的電子信箱好像中毒了，只要一打開，電腦就會整部死當，這個……是你做的嗎？」

「嗯。」

哇，真的是聶成硯耶！我的嘴角忍不住揚起得意的笑容，我的男朋友不僅顏值高、頭腦好，還很聽話呢。

「你怎麼辦到的？」

「就放了幾隻病毒去他的信箱裡，只要他打開信箱，病毒就會直接潛入他的電腦了。」

「那他為什麼掃毒掃不到？」

「祕密，反正說了妳也不懂，太專業了。」

哼，驕傲的咧。

之後又聊了一陣子，聶成硯就趕我去睡覺了。

「時間還早啊。」我看看床頭的鬧鐘，還不到十一點呢！這麼早是要怎麼睡？

「不早了，女生要早點睡，氣血才會順，人才會漂亮。」

喔，敢情這位聶先生主修的是電機，副修的是人體調理？

知道自己拗不過他，我只好乖乖說晚安，乖乖下線。

刷完牙，才剛走出浴室，我的手機就響了。

「準備要睡覺沒？」聶成硯打電話來查哨了。

「要睡了。」我躺在床上，拿著手機繼續跟他說話，「你沒看到我姿勢撩人的躺在床上了嗎？」

聶成硯輕笑出聲，說：「妳明知道我看不到，這麼說，分明是在勾引我。」

「我哪有？」我裝無辜的語氣，「是你自己心術不正。」

「明天早餐想吃什麼？」話題一轉，他問。

我想了一下，逗著他說：「麥當勞，可以嗎？」

「不可以，換一個。」

「那吃……學校東校門口那間眷村早餐店的煎餃好了，我要吃八顆。」

「八顆哪夠，十五顆，好嗎？」

「不好，我吃不完。」

「那十二顆，可以嗎？」

「不可以，會胖。」

「胖才好，我就是要把妳養得胖胖的。」

「聶成硯！」我微嗔的喊他的名字，「我胖了，你就會不要我了。」

「不會，妳要多長點肉，抱起來……嗯，妳知道的。」

抱起來才舒服……聶成硯說過的。雖然已經不是第一次聽到，但再聽見她這麼說，還是會臉紅心跳。

「不知道，我什麼都不知道，不跟你說了，晚安、再見。」

說完，我紅著臉切掉通話。

幾秒鐘後，聶成硯又傳了通訊息進來。

「快去睡，晚安。」然後下面是一個飛吻的圖片。

我看著，心裡覺得好甜蜜。

這個男人哪，是不是就是我命中注的那一個？為什麼我會這麼喜歡他？

如果我們的緣分注定不能走到最後，我也要好好珍惜可以擁有的每一天，深深的眷戀著，把每一分、每一秒的相處都變成印記，印在我腦海的每一個角落，或許哪天，我們終將別離，那麼至少我還能擁有回憶。

回憶，是這個世界上唯一不敗的記憶，那是任憑誰都偷不走的。

我知道總有一種愛超脫於紅塵的牽絆，卻不知道有沒有一種痴纏的等待終於紅塵之外！我終究是你千年的白狐，灰飛煙滅後，我會等待下一次的輪回，那碗孟婆的湯，我始終不會去喝的，就是為了記住你的樣子，因為我怕我會錯過每一次和你在輪回中的相遇。

——徐志摩

有人說過，談了戀愛的人，會變成世界上最有異性、沒人性的人。

以前我才不相信這種薄情寡義的事，會發生在我身上。

但跟聶成硯在一起後，我發現我變得好依賴他。

分分秒秒，也不想跟他分離。

常常都是才剛分開，我就開始想念了。

韓少武跟林羽希也感覺到我一談了戀愛後，整個人就變得十分魂不守舍，而且也不像以前那樣常常跟他們兩個人泡在一起了。

現在，林羽希打工的地方，我也好一陣子沒再去了，林羽希說她店長還一直問我最近在忙什麼，她一句「李孟芯正被戀愛沖昏頭了」，馬上引得她店長理解的笑容。

韓少武倒是跟我抱怨過幾次，說我這個死黨當得很失敗，說好的「不離不棄」原來只是欺騙他的話，一旦有了愛情，就沒了友情，他再也不要相信女生的甜言蜜語……

「山盟海誓都只是浮雲啊……」韓少武悲悽的說。

「就說了，男人的甜言蜜語不可信，女人的更不能當真，你怎麼還這麼單純好騙？」我笑嘻嘻的。

「那我只好祝福你們早日分手，妳趕快回到我懷抱裡，陪我繼續吃喝玩樂、揮霍青春吧。」

「不會讓你如願的，你要是看不下去，就趕快去找尋你生命的另一半，跟我一起體驗愛人與被愛的幸福吧。」

「哼！炫耀……我沒辦法跟戀愛中的人溝通，再、見。」說完，韓少武直接掛我電話。

於是，背負著「見色忘友」的罪名，我繼續愉快的沉浸在幸福的愛情裡，與我的聶成硯日日你濃我濃，快樂交融。

聶成硯這個人，乍看之下似乎散發著距離感，但實際接觸後，會發現他其實還不算難搞。

不過，即使是再好相處的人，也總有一些特殊的堅持。

聶成硯也有這種特殊的堅持，總是堅持一些我認為沒必要的事。比如，他覺得泡麵跟麥當勞都不健康，就會堅持不吃那些垃圾食物，也不喜歡讓我吃。比如，他認為飲料這種東西對身體沒幫助，他就會堅持不碰，也會叫我少喝。再比如，他覺得跑步這件事對身體的血液循環跟肺活量有幫助，所以他堅持每天一早起床先去跑十圈操場，再回宿舍沖個澡，然後買早餐來給我，順便接我上學……不過關於跑操場這件事，不好意思，我完全沒辦法配合他。

可是，聶成硯的堅持，一旦遇上我的撒嬌，就會失效。

所以，偶爾我還是可以吃到麥當勞早餐，喝一下台灣有名的珍珠奶茶，啃幾口香噴噴又酥脆的鹹酥雞。

聶成硯對我，是寵溺著的。

龍哥後來私底下告訴我，其實早在我第一次不小心撞到聶成硯的時候，他就開始注意我了，他曾經私下去打聽我的系所，打探我上課的時間，和我經常出沒的餐廳及校區。

「小聶說，妳完全就是他的菜啊。」龍哥偷偷跟我說。

哇靠，那他未免也掩飾得太好了吧？害我以前每次遇到他，看到他老是繃著一張好像跟我八字不合的臉，就覺得他一定也很討厭看到我。

不小心察覺到自己好像喜歡上他的時候，我還一度很驚慌，懷疑自己是不是有被虐傾向，怎麼會喜歡上一個討厭我的男生。

結果，原來是他先喜歡上我的？那之前還擺出一副高高在上的姿態是怎樣？以為裝酷就比較帥，比較能獲得女孩子的青睞嗎？以為以退為進才是對付我最好的招術嗎？

不過，很抱歉，他成功了！

我就是喜歡酷一點的男生，也對「以退為進」這一招沒有抵抗力。

「所以，是不是你先喜歡上我的？」

接收到龍哥的通風報信後，我興緻勃勃的質問聶成硯。

「隨便妳怎麼說。」

在聶成硯的研究室裡，他忙著寫程式，眼睛直盯著電腦看，完全不想理會我。

「那就是囉？」我自己下定論，反正聶成硯正忙著，也沒空反駁我。

「嗯。」

「耶，太棒了，那以後如果跟小孩說起我的初戀故事，一定要跟他們說，是我的初戀男朋友先喜歡上我的。」我笑嘻嘻幼稚的說。

「是我們的小孩。」聶成硯忙歸忙，還是不忘糾正我。

「你又確定是我們的小孩了？我有說要嫁給你嗎？」

「反正妳也沒有更好的選擇。」

「……」好吧，這麼說也是沒錯的。

我在聶成硯的研究室晃來晃去。今天是假日，整間研究室只有他跟我在，龍哥回老家去了，阿偉跟壯哥跑去聯誼，大家各有各的事。聶成硯平常陪著我，只有晚上回宿舍才能寫程式，這個週末我們沒什麼行程，他讓我帶書到他的研究室來讀，他可以邊寫程式邊陪我。

可是我根本就讀不下書啊。

趴在聶成硯旁邊的桌子上，我看著窗外陽光正好，微風一陣一陣吹進來，還有小鳥吱吱喳喳的吵鬧聲……這真是個適合野外踏青的好日子。

聶成硯他們研究室的窗台上種了一株含羞草，我把含羞草的盆栽整個捧過來，放在桌子上，手有一下沒一下的撥弄著那株含羞草。

「欸，聶成硯，這株含羞草誰養的？」

「龍哥。」

聶成硯眼睛還盯著電腦螢幕，嘴裡輕輕回答。

「他養這個幹嘛？」

「不知道，一個學妹送他的，他不知道該怎麼辦，就養起來了。」

我一聽是龍哥的學妹送的，眼睛馬上亮起來，連忙坐正身子，拿出手機，興奮的說：「我來查查含羞草的花語是什麼，說不定人家學妹是用這個來跟龍哥表白的呢。」

聶成硯終於轉頭瞟了我一眼，語氣淡淡的，「敏感。」

「啊？」我瞪大眼看他，什麼意思？

「含羞草的花語。」

「你們查過啦？」

「拿回來的第一天就去查了。」

敏感？那是什麼鬼？

「那不就沒戲唱啦？」

「那學妹前陣子也交男朋友了，後來龍哥才知道，不是只有他有收到盆栽，學妹同時送給好幾個男生含羞草。」

「她亂槍打鳥嗎？」看打到哪隻就能脫離單身狀態嗎？

「她說她就是純粹覺得含羞草可愛，就種來送人了。」

好吧！她的說法我倒是可以接受，含羞草確實是挺可愛的，一碰，葉子就會閉合起來，頗有娛樂價值。

我又玩了一會兒含羞草，越玩，眼皮就越沉重。

「李孟芯，妳到底讀不讀書？」

一轉頭，我看見聶成硯靠在椅背上，雙手舉高，正在伸懶腰，他的眼睛瞧著我，清亮亮的。

我像磁粉遇到磁鐵一樣的，整個人瞬間移動方向，趴到他身上去，雙手攬抱住他的腰，把頭靠在他的胸口。

「啊，好舒服。」我把頭埋在聶成硯胸前，聞著他身上淡淡的沐浴精香氣。

「又撒嬌了。」聶成硯把手放在我背上輕輕拍著，聲線一下子變得溫柔。

「人家好想睡。」打了一個大大的哈欠，眼淚都擠出眼角了。

「都還沒看書呢，我看妳就這樣玩了一早上。」

「看書好無聊。」

「這樣考試怎麼辦？剩幾個月時間而已。」

「反正等我考上，你也差不多要畢業了，那這樣留在學校裡有什麼意義？考不上就算了，我很豁達的。」

說完，我抬起頭，笑咪咪的眨著眼看他。

聶成硯勾起食指，敲敲我的額頭，「妳又知道妳考上後，我就不會留在學校裡？」

我一聽，眼睛又亮了。

「你要延畢喔？」

聶成硯瞅了我一眼，一副被我打敗的表情。

「我看起來，像是需要用延畢這樣的招術才能陪女朋友嗎？」

「還是……」我的腦中穿然靈光一閃，「你要報考我們學校的博士班？」

「聰明。」聶成硯捏捏我的鼻子，笑著。

「那你一定考不上。」我的臉上馬上露出譏笑的表情。

「為什麼？」

「我看你又沒在讀書，我去圖書館讀書時，你就坐在我對面玩手機，晚上你除了玩線上遊戲，還要寫程式，哪有什麼時間準備博士班考試？」

聶成硯摸摸我的頭，「孩子，這個世界上有種東西叫實力，妳懂不懂？」哎，又驕傲了。

「懂。」我點點頭，決定反將他一軍的說：「像我這樣就是。」

聶成硯愣了一下，又笑了。

「得意啊？」他說。

「是啊。」我也跟著笑了，把頭又重新埋進他胸口裡，「最得意的就是我勾引到一個超棒的男朋友，羨慕吧？」

「沒什麼好羨慕的，因為我也有個世界上最適合我的女朋友。」

「那你一定要好好的珍惜她，不可以讓她傷心難過了。」

「肯定的啊。」

「那來打勾勾。」

小指頭勾小指頭，大拇指蓋大拇指，幸福的印記就在拉勾的那一瞬間，烙印在心裡，一輩子。

快樂的時光總是流逝得特別快。

我升上大四後，聶成硯因為忙著碩士班畢業論文，還要準備博士班考試，變得更忙了。

不過，他還是會每天早上買早餐來給我吃，送我去上學，下午有時他會陪我去圖書館看書，自己也讀自己要考試的書。有時他會接我去他研究室，他寫程式，我讀書，晚餐還是常常一起吃的，只不過和他們宿舍餐聚的時間變少了，快畢業了，大家都有各自的志向。

龍哥也打算考校內博士班，不過據說已經有知名的電子公司找上他，希望他畢業後可以去上班。

阿偉想畢業後先去服兵役，他跟朋友一起合夥開了一間小公司，目前已經慢慢上軌道，等他服完兵役，就要全心全力投入工作。

另外，壯哥交女朋友了！這點讓我們一夥人全跌破眼鏡，本來大家都看好龍哥會是他們當中第二個交女朋友的人呢，畢竟龍哥的女人緣比較好，常有女生主動請他喝飲料、看電影的，結果居然是壯哥後來居上。

大四接近耶誕節的那個週末，我哥正好來參加一場座談會，約了我一起吃晚餐。

「我帶個人去喔，哥。」電話裡，我這麼對我哥說。

「韓少武嗎？帶來吧。」

「不是韓少武，」我有些難以啟齒，這是一種「見家長」的概念嗎？真讓人害羞。「是……我一個朋友。」

瞬間，我哥明白了，語氣瞭然的說：「帶來吧，讓我看看。」

結束和哥哥的通話後，我把吃飯的事告訴在我身旁打報告的聶成硯，又提醒他跟我哥吃飯該注意什麼，可以聊什麼，不能聊什麼，他有哪些禁忌……

「怎麼跟妳哥吃個飯，妳比我還緊張？」

聶成硯見我說個不停，立刻停下打鍵盤的手，摸摸我的頭，溫和的微笑著。

「當然緊張。」我也不隱瞞，憂心忡忡的說：「我哥從我小時候就管我比我爸還嚴格，他簡直就是我爸爸的化身，萬一他不喜歡你，堅決反對，那……我該怎麼辦？」

聶成硯把頭湊過來，柔軟的嘴唇滑過我的耳畔，他的聲音溫柔的、低低的鑽進我的耳朵，「妳就對我這麼沒信心？」

「也不是……就是，就是會害怕嘛。」

「別擔心，我不會讓妳沒面子的。」

說的也是，他可是一枚會閃閃發光的宅男之神呢！

我們依約在晚餐時間抵達跟我哥約好的那間餐廳，今晚我特地穿上一件米白色的絲質連身膝上裙洋裝，踩了一雙低跟同色娃娃鞋。

傍晚在家梳洗完，打開衣櫃挑衣服時，我才發現，衣櫃裡的衣服不知道已經有多久沒有進新貨了，聶成硯不喜歡我打扮得花枝招展的，總要我穿著T恤跟牛仔褲和運動鞋就好，久了，我也就懶得打扮了，也不去逛街了，衣服鞋子自然也就沒有再增加新貨了。

聶成硯來接我時，看見我這樣穿，眼睛一亮，說：「很漂亮。」

「可是衣服是舊的。」我嘟著嘴說。

「哪裡舊？看起來很新啊。」

「舊款的，不是今年最新款。」

「穿起來好看就好，新舊款只是噱頭，是騙人掏錢出來的花招，衣服不就是穿起來舒服、好穿，最重要嗎？」

我想了一下，點點頭，釋然的笑了。

跟聶成硯在一起久了，我漸漸被他簡單的生活方式影響，衣服不一定要穿名牌，鞋子舒適合腳最重要，路邊攤也可以吃出五星級餐廳味。

我們抵達餐廳的時候，我哥還沒來。

坐在餐廳裡，我向聶成硯炫耀，「我哥很帥喔，就是那種人稱的高富帥，從小就有很多女生喜歡他呢，不過我哥很痴情，到目前為止只交往過一個女生，就算已經分手了，他還是喜歡那女生，為了她，堅持不交別的女朋友，快把我媽氣死了。」

聶成硯沒聽到重點，只聽到前面我說的「我哥很帥喔」這幾個字，他不甘示弱的問我，「我跟妳哥比，誰帥？」

我怔愣了一下，憋住心裡的暗笑……原來男人私底下還是很愛較勁的嘛！尤其是聽到女朋友誇讚別的男生時，那股不服輸的個性就會被激起來。

「我哥帥。」我說。

聶成硯一臉受傷表情，看著我，久久不說話。

哎，真的在意了？

我偏著頭看他，臉上堆滿討好的笑，「聶成硯，生氣了？」

「沒有。」語氣僵硬的咧。

「我有沒有跟你說過，有時候男生的魅力是更勝於他外表的帥氣的？」

「沒有。」還在鬧彆扭。

「對我來說，你就是魅力無限的男生，超有吸引力的。」

聶成硯回過頭來，看我一眼，那眼神裡有質疑。

「真的。」我舉起童子軍的三根手指頭，放在額前，以示我話裡的真誠。

「所以跟妳哥哥比起來，妳更喜歡誰？」

「你。」

聶成硯終於舒心展眉的笑了。

原來，不是只有談了戀愛的女人會變笨，談了戀愛的男人，也是會變幼稚的。

我哥大約晚了十分鐘才到，他一坐到我們對面，我就發現他變瘦了，帥氣的臉龐上盡是疲憊神態，黑眼圈也出來了。

「哥，你都沒在睡嗎？看起來好憔悴啊。」我有些心疼的說。

「這幾天比較忙，又值夜班，睡眠有些不足。」哥哥捏捏眉心，微笑著說。

「笨蛋，都這麼累了，開完座談會不回去好好休息，還約我出來吃什麼飯？我們可以一起吃飯的時間多著，也不差這一次。」

「太久沒看見妳啦，剛好有機會下來，反正飯都是要吃的，不過一個人吃跟兩個人吃，意義可就大不相同了。」

我哥說完，看了看聶成硯，禮貌的朝聶成硯伸出手，「李孟奕，你好。」

「聶成硯，你好。」聶成硯很快的就伸出手和我哥握了握。

我看著這兩個顏值頗高的男神，突然覺得坐在這兩個男人身旁，我好有成就感啊！鄰近有好幾桌的女生就頻頻對我們這桌投以注目禮，她們的注目，迅速膨脹了我的虛榮心。

哥哥跟聶成硯聊了起來，男生間的談話內容很奇特，總是能很快就聊開，而且聊的東西很廣又很專業，我光聽就覺得頭昏腦脹，一點興趣也沒有。

聶成硯跟哥哥聊起醫學領域的話題，我才知道，原來聶成硯對醫學方面也有涉獵。

我的男朋友到底是怎麼樣的一個奇才啊？為什麼他可以懂那麼多東西？

一頓飯吃完，哥哥說他還要趕回台北去，我們在餐廳門口分手。

「寒假會回去吧？」分手前，哥哥問我。

「會，不過可能要接近過年的時候才會回去，我要準備研究所考試。哥，你會回來吧？去年你沒回來吃年夜飯，奶奶多傷心啊，足足唸了兩天，還要爸爸打電話給你，叫你不要當醫生了。」

「今年我有排休，除夕應該是可以在家吃飯的，不過只休到大年初三，大年初四我就要上班了。」

「沒關係，你只要可以回家吃年夜飯，爺爺奶奶就很開心了。」我笑咪咪的拍拍我哥的手，又關心的叮嚀他，「不過最近你可能要多吃點東西才可以，這回發現你變瘦了，奶奶要是知道，又要擔心了。」

「好，我努力多吃點高熱量的東西，看能不能迅速增肥。」

我聽了，終於滿意的笑了。

「過年時，你也一起來我家坐坐吧。」這話，哥哥是對著聶成硯說的。

「一定一定。」聶成硯笑容滿面的答應了下來。

回去的路上，我問聶成硯，「你臨時惡補的嗎？我怎麼沒看過你接觸什麼醫學方面的資料？」

「我看起來像臨時惡補的樣子嗎？」

也對！臨時惡補也不可能跟我哥這樣對答如流，那麼，他到底是怎麼辦到的？

「我沒跟妳說過吧？我爸是名外科醫生，從小，在他身邊，我多少耳濡目染了一些。」

「……」

還有沒有什麼更讓我驚訝的事情會再發生啊？我覺得我的小心臟已經快要承受不起這一波又一波的刺激了。我的男朋友他不是塊寶啊，他根本就是一座寶藏，有源源不絕的驚喜，等著我去挖掘探索啊。

那天晚上，睡覺前，我又打了通電話給我哥。

「哥，你到家了嗎？」電話接通後，我假裝關心的問他。

但我哥是何許人也，他精明又聰慧，一下子就戳破我，直接了當的回答，「妳打電話來的目的，應該不是要問我到家了沒吧？」

「欸，哥，你怎麼這樣說？太傷我的心了，我是真心關心你的。」

「少來，妳是打電話來問我對妳那個男朋友的印象如何的吧？」

雖然是這樣沒錯，但再怎麼說，我也不能對自己的金主太現實，這個時候，虛情假意是必要的。

「才不是，我就是打電話來關心你到家了沒。」

「到家了，怎樣？聽到答案可以放心了嗎？那我可以掛電話去睡覺了嗎？」

道高一尺，魔高一丈……我一聽到我哥說要掛電話，馬上驚慌的喊住她。

「哥，等等、等等。」

「怎樣？這次又要關心我什麼？」

「呃……就是……你覺得如何？」真的要切入主題，又讓我難以啟齒了。

「什麼東西覺得如何？」我哥假裝聽不懂。

「哥，你不要這樣子啦！你知道我很緊張，幹嘛要這樣子玩我？」

我哥在電話那頭呵呵呵的笑了幾聲。

「好啦，這個很不錯，放心，帶回家一定過關的。」

「真的嗎？」我喜出望外。

「至少我覺得不錯，不是浮誇的男生，講話內容聽起來也滿有內涵的，帶回家不會丟妳的面子的。」

聽哥哥這麼一說，我一顆本來懸著的心，終於安穩的落了地。

寒假開始的時候，我並沒有馬上回家，我爸打電話來催過幾次，我的藉口永遠都是，「我要準備研究所考試啦，寒假結束就差不多要考了，在學校圖書館我比較能靜得下來讀書嘛，反正快過年我就會回去了。」

我爸拿我沒輒，催過幾次之後，也就放棄了。

其實我不肯馬上回家的原因，是因為聶成硯。

人家不想跟他分開嘛！

之前已經經歷過一個暑假，那時我一回到家，就開始想念聶成硯了，回家的第二天，我就已經想要拎著我的小包包，再坐車北上回去找聶成硯了。

分離，對戀人來說，每分每秒都是煎熬。

一直撐到除夕前一天，我哥打電話給我，說他奉命回家前要順便來找我，把我一起拎回去，我才肯乖乖就範。

「要想我喔。」站在高鐵站外，我一聲又一聲的叮嚀著聶成硯。

「好。」聶成硯摸摸我的頭，眼神很溫柔。

「每天晚上睡覺前都要打電話給我，跟我說晚安喔。」

「好。」

「除了想我之外，不可以再想別的女生喔。」

「我媽算不算？」

「好吧！除了想我跟你媽之外，不可以再想別的女生喔。」

「我奶奶算不算？」

「……聶成硯，你找碴嗎？」

「不敢。」

輕輕的，聶成硯的唇落在我的嘴唇上，然後他說：「放心，除了妳，我不會再想其他女生，包括我媽跟我奶奶。」

我喜滋滋的抱著他，把頭埋進他的胸口，聞著他身上那股能讓我安心的沐浴精清香味道。

依依不捨的道別後，我才慢吞吞的以走幾步就回首一次的頻率，緩緩走進月台裡。

回家後，我果然馬上就開始想念聶成硯了，思念無處遞，我只好打電話給他。

「到家了？」接到電話後，聶成硯問我。

「嗯，到家了。」我說：「你在幹嘛？」

「在想妳啊。」

哇，嘴巴變這麼甜啦？

「真的嗎？」

「假的。」聶成硯馬上招認。

「幹嘛這麼快就坦白啦？假裝一下，讓我開心一點，不可以嗎？」我有些洩氣的說。

「好啦，是真的在想妳。」

「真的？」我的活力又馬上回來了。

「真的。」聶成硯說：「妳什麼時候回來？」

「嗯……總是要等到過完年吧！太早回去，爺爺奶奶會傷心，你知道的，老人家總愛胡思亂想。」

「明白。那妳在家要乖乖的，多陪陪家人，別亂跑了。」

「知道。我先安撫好他們的情緒，再找機會回北部去。」

「好。」

電話還沒講完，我哥就出現了，他走到我身旁，坐下來。

我嚇得匆匆跟聶成硯又說了幾句，就掛掉電話了。

「幹嘛講得像要密謀私奔一樣？」我哥挑著眉問我，問完又說：「叫他過年一起來玩啊。」

「這個你上次說過了，聶成硯很忙啊，他要準備博士班考試了，哪有什麼時間過來玩？」

「就是過來玩玩，讓爸媽認識認識他，也讓他提早熟悉一下我們的家人。」

哥哥這麼一說，我又臉紅了。

「也太早了吧！我們交往都還沒滿一年呢，這麼快就要他見家長……」

「只是認識一下，跟快不快有什麼關係？就像韓少武那樣，朋友間也是可以到彼此家裡去見見對方長輩的。再說，妳又確定妳未來的另一半就是他？」

見到我哥那戲謔的表情，我忍不住跺腳。

「哥，你很討厭耶！幹嘛要講這種害我傷心的話？人家就是已經把他當成我未來的另一半，才會這麼擔心萬一我們家的人不喜歡他要怎麼辦嘛。」

大概是我哥能明白我那惶惶然的心情，他貼心的拍拍我，說：「放心，妳還有妳哥我呢，如果我們家裡有人反對你們，我一定第一個跳出來幫妳說話。」

太令人感動了，有哥哥真好！

於是，在思念蔓延中，我度過了漫漫的除夕。

大年初一，我和哥哥換上媽媽幫我們準備的大紅新衣，這是我們家的一個規矩，大年初一一定要穿得喜氣洋洋，未來一年才能順心如意。

我用手機拍了一張我穿著大紅新衣的照片，傳給聶成硯，然後打電話問他，「好不好看？」

「好喜氣。」

「對啊，不過這種衣服我大概也只敢在家裡穿，不敢穿上街的。」

尤其我的衣服前面還用燙金字體寫著「恭喜發財」四個字，雖然喜氣，但一點也不時尚，這樣的衣服我怎麼敢穿出門啊！

我媽也真有才，不知道去哪裡找到這種衣服的。

「我覺得挺好看的，穿去別人家拜年，一定大受歡迎。」

「這麼丟臉的事，我才不敢做。」

聶成硯在手機那頭笑起來，笑聲朗朗，我突然好想他。

「聶成硯，我現在逃家去找你，好不好？」

一個念頭突然衝進我腦裡，我想著，如果現在衝去高鐵站坐車北上，見一見聶成硯，陪他吃頓午餐，再搭下午的高鐵回來，我爸媽應該不會生氣才對吧？

「不好，妳要乖乖的待在家裡，這是我們說好的事。」

和讀理工科的人交往就是有這壞處，他們的腦袋永遠都很清楚，完全不懂得什麼叫浪漫。

「可是人家很想你。」我使出撒嬌殺手鐧。

「那不然妳……現在下樓吧。」

「啊？為什麼？」我不明所以的問著聶成硯。

「因為我已經在妳家門口了，妳快來幫我開個門。」

「什麼？」我跳起來，尖叫了一聲，像隻熱鍋上的螞蟻，在自己房間裡亂跑亂竄，六神無主手足無措的。「你幹嘛真的來了？」

「反正就是禮貌性拜訪嘛，妳再不下來，我就直接按門鈴了喔。」

我又尖叫了一聲，然後飛奔到樓下去，開了大門。

大門一打開，我看見聶成硯手上大包小包的拎著禮品，站在我家門口。

他的臉上有淡淡的笑，氣色看起來很好，穿了一件暗紅色格子襯衫，和一條牛仔褲，看起來十分清爽俊俏。

我站在門口和他對望了幾秒鐘，不知道要怎麼開口跟我爸媽說：我男朋友來見你們啦，你們快出來看看他，打一下分數評評分吧。

相較於我的驚慌失措，聶成硯倒是淡定多了。

他直接越過我，走進我家，我爸正好坐在客廳看電視，他走上前，客氣又禮貌的叫了聲，「叔叔，您好，新年快樂，我叫聶成硯，是李孟芯的……」

「學長！呵呵呵，爸，他是我學長啦。」

我直接截斷聶成硯的話，跟我爸說他是我學長，我擔心萬一直接跟我爸說他是我男朋友，我爸搞不好會一刀劈了他。

「不是，叔叔，我是孟芯的男朋友，今天特地來拜訪您跟阿姨的。」

聶成硯居然不按牌理出牌，還自己招認他跟我的關係，我看見我爸那一臉飽受驚嚇的表情，真的很怕他會直接拿掃把趕聶成硯出門。

我媽在廚房大概也聽見聶成硯的自我介紹，她連忙跑出來，聶成硯一見到我媽，立刻又嘴甜的叫了聲「阿姨」，還說我媽看起來好年輕，如果不是因為我讓他看過照片，他一定會以為是我姊姊……

啊！我不知道原來聶成硯也是會狗腿的！

他一下子就把我媽哄得心花朵朵開，地位直逼韓少武。

那天中午，我爸跟我媽留聶成硯一起吃午餐，他們一邊吃飯一邊跟他聊，問了他家裡的成員，他父母的職業，他未來的生涯規畫……這簡直就是身家調查啊。

那一頓飯，我吃得完全是膽戰心驚，很怕聶成硯一個表現不好，我跟他的未來就全毀了。

幸好，他表現得讓我父母還算滿意。

飯後，我爸問他會不會打麻將，要不要陪爺爺奶奶打個幾圈。

我本來以為聶成硯不會打麻將，畢竟我跟他在一起這段時間以來，沒看過他打過麻將，想不到他說：「會一點點，不是很強，如果叔叔不介意，我就獻醜一下了。」

還獻醜一下咧！我聽完直覺得好笑。

結果幾圈下來，爺爺奶奶最贏錢，聶成硯輸最多。

「欸，你牌技真爛耶，輸這麼多錢。」我不會打麻將，不過我一看聶成硯掏那麼多錢出來，就知道他的牌技真不如人。

「沒關係，老人家開心最重要。」聶成硯一點也不以為意，依然笑得眼睛彎彎的。

後來我爸跟他又聊起來，這次聊的內容居然是我。

「你是真心喜歡小芯吧？」我爸也不拐彎抹角，直接開門見山的說。

「是的，叔叔。」聶成硯回答。

我在一旁聽得很害羞，直拉拉我爸的衣袖，要他別再說了，但我爸只是溫和的拍拍我的手，看了我一眼，又繼續跟聶成硯聊。

「小芯這孩子從小脾氣就倔，這是我寵壞的，你跟她在一起要多擔待。不過小芯的個性很樂觀，不管什麼事，你只要跟她分析好的那一部分，她馬上就能忘掉壞的那部分。她的神經很大條，有什麼話，你不要跟她拐彎抹角說，她會反應不過來，直接跟她說就好，她不是不講道理的孩子，什麼事都要盡量跟她說實話，她最討厭別人騙她，這是她的禁忌，你要記住。」

「好的，叔叔。」

「如果兩個人真心要交往，很多事就要互相讓步，路才走得遠，懂嗎？」

「懂。」

「她是女孩子，難免會任性，有點小脾氣，你要多讓著她，但別寵壞了，她如果有什麼事做得太過了，你就跟叔叔說，千萬別打她或大聲罵她，她會嚇到的。」

「不會的，叔叔，孟芯其實很貼心，很多事她都懂得適可而止，不會做出什麼過分的舉動。」

我爸一聽聶成硯的話，點點頭，臉上有寂寞的笑容。

我突然有種想哭的衝動……我爸怎麼把今天這樣的日子，搞得好像嫁女兒一樣？

我奶奶更誇張，已經在一旁哭起來了。

聶成硯回去後，我馬上竄到爸爸身旁去，親膩的勾著他的手，笑咪咪的問：「幾分、幾分？」

「七十九。」我爸回答我。

「哇，這麼低？」我沮喪了，連八十分都沒有啊？

「這樣才有進步的空間啊。」爸爸拍拍我的頭，一臉慈祥的說。

「是嗎？」我才不相信。

我爸突然把嘴巴湊到我耳邊來，偷偷告訴我，「妳知道妳媽第一次來我們家時，妳奶奶給她打多少分嗎？」

「多少分？」

「五十八。」

「真的假的？」我再度不相信的睜大眼。

「真的。」我爸點點頭，「後來妳媽嫁過來，努力表現，分數才一直往上提升的。不過我猜，她現在的分數應該也還不到八十分，要不然妳去問問妳奶奶，看她現在給妳媽打幾分。」

才不要，這麼幼稚的事，我才不要幹呢。

而且分數可以幹嘛？人家聶成硯對我好，那才是真的。

「所以，你覺得我可以跟聶成硯繼續交往下去囉？」

「你們年輕人的事，問我做什麼？」我爸一副事不關己的表情，「未來是你們自己的，好不好，也是你們自己的選擇，妳如果覺得他可以，就繼續交往下去，如果不行，要分手，我們也不會多講半句話。」

那就是贊成的意思囉？

我那顆膽戰心驚的小心臟，這下終於可以完全安心。

晚上，跟聶成硯通電話時，我興沖沖的告訴他，「既然你都來我家拜訪過了，那下星期我回北部時，也順便去你家拜訪吧。」

「好啊。」聶成硯一口答應。

「那我該帶什麼東西過去呢？」

「情意。」

「那什麼鬼？」

「禮輕情意重，聽過沒？帶什麼都不重要，情意最重要。」

「那怎麼可以？第一次見面，印象分數很重要，禮一定要帶夠，分數才會高，對吧？來，說說你家有什麼人，我好準備準備東西。」

「平常就我爸媽、我弟、我爺爺奶奶。」

「喔，所以包括你，總共是六個人？」

「不過現在是過年期間，我大姑姑一家五個人從美國回來，我姨婆一家七個人也從台東過來，我伯父一家……」

「停停停！」我要崩潰了。哭喪著口音，我無力的問：「所以你家現在到底有多少人？」

「三十個跑不掉吧。」

徹底大崩潰……

「那我……下星期能不能先不要去你家拜訪啊？」

「不可以喔，李孟芯，妳不是常說要禮尚往來？」

「可是你家的陣仗也太大了吧！我應付不來啦。」我快哭了。

「不會，我會陪著妳。」

「但我光想那麼多人，晚上就會作惡夢耶。」

「沒有那麼嚴重啦。」

沒有才怪！男人不懂女人的嬌羞與膽怯。

「其實，我覺得啊，拜訪你家人也不一定要急於一時，對吧？要不然等我考上研究所，我再去你家拜訪，這樣如果你家人問起我的狀況，我正好可以跟他們說我要繼續念研究所，說不定你家人會覺得我好棒棒，對不對？」

「就算妳沒有考上研究所，我還是會覺得妳好棒棒啊。」

「……聶成硯，你為什麼要學我說話？你怎麼變得這麼幼稚？」

「因為近朱者赤，近墨者黑啊。」

「那我們還是離遠一點好了，我可不希望我的男神被我污染成一個幼稚鬼。」

「來不及了，已經污染了。」

「……」

雖然聶成硯學我說了不少幼稚的話，不過不知道為什麼，我的心裡卻感到十分甜蜜。

有人說，愛情，會讓人變成傻子，不管你是多精明的人，一旦陷進愛情裡，全都會變笨。

我發現，事實如此。

不過也唯有真心喜歡著對方，才會甘心為對方變成一個笨蛋吧！

但願未來的日子裡，我們都不要太聰明，永遠都是彼此心中那個有點傻里傻氣的小笨蛋，一直一直，到永遠。

【全文完】

番外

任憑時光荏苒，我依舊只喜歡你

聶成硯第一次見到李孟芯，並不是在她撞倒他的咖啡的時候，在那更早之前，他就曾經在學校裡碰見過她幾次。

第一次是在學校新生迎新會上，她不是新生，卻表現出一副比新生還興奮開心的樣子，不斷的穿梭在人群間，笑語晏晏，宛若名門千金般的舉止，讓他覺得她很特別。

第二次是在她系上的餐廳。他跟研究所教授討論論文方向，教授邀他一起吃午餐，他堅持要請教授吃飯，教授不好意思讓他多花費，只好選了商學系的學生餐廳，他就是在那裡再度遇見李孟芯的。

那天李孟芯跟同學去吃飯，她的餐盤裡夾了滿滿的菜，用餐時，她嘻嘻哈哈的說話聲斷斷續續傳過來，一間平凡無奇的學生餐廳，也可以讓她把飯吃得猶如五星級餐廳，他跟她隔了幾張桌子，她輕脆的聲音就像是春天的鳥鳴，鑽入他的耳膜，猶如天籟，他那一整天的心情，全都因為她而變得很好。

第三次是在圖書館，那個時間的圖書館沒什麼人，他一走進去，就她一個人坐在一張空盪盪的大桌子前低著頭。她座位上有幾本書，一本書攤在她面前，遠遠看去，她像個認真讀書的好學生。

偷偷的，他走到她背後去，想看看她在念什麼書，一看才知道，她根本就是在玩手機遊戲，玩的遊戲還是他也玩的那一款。他偷偷記下她的遊戲ＩＤ：芯芯向榮……嗯，好怪異的ＩＤ。

然後第四次、第五次……意外相遇的機會多了幾次後，他開始注意到她這個人，她卻從來就沒正眼瞧過他。

一直到那天，他陪龍哥去買運動鞋，買完鞋，龍哥說附近百貨公司裡有間咖啡廳的咖啡超香醇，咖啡豆是從哥倫比亞進口的高檔貨，龍哥問他有沒有興趣嚐嚐。

聶成硯不是嗜飲咖啡的人，很多時候，他是不碰飲料的，只喝白開水，不過龍哥興致勃勃的邀約，他不想弗了龍哥的興致，於是答應了。

排了長長的隊伍後，聶成硯跟龍哥一人拿著一杯咖啡，兩個人站在百貨公司門口，邊喝咖啡邊討論論文，兩個人的論文指導教授不一樣，不過研究的論文方向有點相關，龍哥正在分析他的觀點時，聶成硯的背突然被撞了一下，手上那杯只喝了一口的咖啡就這樣飛出去掉在地上咖啡灑了一地……

聶成硯回頭，瞧見撞倒他咖啡的凶手，居然是李孟芯！

世界真的好小。

見到她的那一瞬間，不知道為什麼，他覺得自己的心跳加速得好異常。

他不是沒談過戀愛，也不是第一次跟女生接觸，可是那是第一次，他在女孩子面前手足無措。

因為太驚慌，所以他忘了笑，當李孟芯擠出抱歉的笑容向他道歉，並說願意賠他一杯咖啡時，他竟然繃著一張臉，說：「熱拿鐵不加糖。十分鐘。」

然後，看見李孟芯錯愕的表情，她內心不禁深深責罵自己。

李孟芯衝去買咖啡後，龍哥責怪他，「你也太苛了吧？讓女孩子賠你一杯咖啡也就算了，居然還限制人家時間！有沒有這麼惡質啊？」

他也不想啊！可是嘴就是快，有什麼辦法？話都說出來了。

後來李孟芯真的在十分鐘之內買好咖啡送過來，她跑得臉頰紅撲撲的，看起來很可愛。跑過來時，後面還跟了個長相秀氣的男孩子，聶成硯瞄了那男生一眼，心裡很不是滋味，本來下定決心要對李孟芯笑一笑的，現在真的笑不出來了。

然後她看著他，問了他的名字，聶成硯心臟一縮，忘了要嫉妒，也忘了要微笑，喉嚨因為緊張而有些卡卡的。他說了自己的名字，她卻沒聽清楚，他不知道要不要再告訴她一次，卻很嘴賤的說：「沒聽見就算了。」

說完，他馬上又後悔了。

吃晚餐的時候，龍哥說起她的事，說那個可愛的女孩子不知道哪間學校的。

「我們學校的。」聶成硯不加思索的直接回答他。

「喔？你知道？」龍哥很訝異，睜大了眼，「為什麼你會知道？」

「我在學校裡遇見過她幾次。」

「大學部的嗎？大幾的？」

「不知道。」聶成硯回答，「反正不是大一就對了。」

龍哥「嘖嘖」了幾聲，說：「喂，你該不會是對人家有意思吧？不然怎麼會留意她？不過這樣也好，你單身也太久了，是該找個女生好好戀愛一下了，不然這樣成天跟我泡在一起，我是要怎麼交女朋友？」

「你想交女朋友就去啊，我有阻礙你嗎？」聶成硯瞥了他一眼，嘴邊有笑。

後來，聶成硯偷偷去打聽李孟芯，知道她是大三財金系的學妹，還打聽到她沒有男朋友，那天在百貨公司門口陪在她身旁的那個男生是她的高中同學，兩個人是很單純的好朋友。

得知這個訊息，聶成硯不知道為什麼，突然安心了。

有一回，聶成硯跟龍哥，還有幾個班上同學一起去理工學院的自助餐廳吃午餐，意外看見李孟芯跟一個女生也來這裡的餐廳吃飯。

本來，聶成硯沒發現她，還跟同學大談闊論的聊著ＮＢＡ賽事，後來是龍哥撞撞他的手，用眼神暗示他，他才看到李孟芯正坐在他們隔壁桌。

然後，他的話變少了，注意力分散了，他偷偷的看了她好幾次，她都沒發現……

想來，她是真的不記得他了。

一想到自己的存在感在她的眼中居然是那麼低，聶成硯難免會感到傷心沮喪，再怎麼說，他在女孩子圈裡，也算是搶手人物，只是一直沒遇到心動的對象，又不肯將就，所以才會總是維持單身。

他不是不懂得愛，只是沒機會愛。

一直到有一天傍晚，他在學校附近的便利商店買東西，結帳時，從便利商店光潔透亮的玻璃牆看出去，有個熟悉的身影迅速攫獲了他的目光。

是李孟芯。

聶成硯第一次有了「跟蹤」的念頭。

走在她後面，他看著她走路的樣子，然後他發現，李孟芯被牛仔褲緊緊包裹的腳，很修長。

她走路的姿態很好看，像跳舞一樣的輕盈。

瞬間，有一部機車接近她，搶了她肩上的包包，她不肯鬆手，被拖倒在地。

聶成硯的心頭揪緊了一下，反應過來時，他已經衝上去纏住那個搶匪，雙雙滾落地面扭打了。

後來，他跟李孟芯一起被送到醫院去，在救護車上，隨車的男醫護說要幫他們清洗傷口再上藥，男醫護才剛拿起消毒棉花棒，都還沒有碰到傷口，李孟芯就淚眼汪汪的一直問男醫護會不會痛，不肯讓男醫護碰她的傷口，還問能不能只擦紅藥水或紫藥水就好……

紅藥水？紫藥水？那不是阿公阿嬤那年代才有的東西嗎？

聶成硯低下頭，偷偷的揚了揚嘴角……這女孩真的是太可愛了，他覺得。

看見李孟芯那可憐兮兮怕痛的模樣，聶成硯終究是不忍心了，他出聲對著男醫護說：「那麻煩你先來處理我的好了。」

清洗傷口真的很痛，可是聶成硯擔心在一旁的李孟芯看了會更膽怯，更抗拒讓男醫護幫她清洗傷口，所以吭都不吭一聲，連眉頭也不皺一下。

李孟芯在一旁安靜看著，沒多久，終於開口了。

「聶成硯，如果……如果很痛，你叫出來沒關係，我不會笑你的。」

聶成硯沒回答，因為正在清洗傷口，他非常努力的在忍痛，已經沒有氣力再多說話，只是用眼神瞧了一眼好像在為他擔心的李孟芯。

其實，他的心裡是慶幸的，幸好他那時跟在李孟芯的身後，所以能在事情發生的當下，第一時間衝出去幫忙李孟芯，要不然，事情會不會變得更糟糕，他是連想都不敢去想的。

幸好，李孟芯只是受了擦傷，這已經是不幸中的大幸。

大概是沒得到他的回應，李孟芯又說話了。

「……或是如果你真的忍不住，想哭也沒有關係，我會當作沒看見。」

傷口已經清洗完畢，疼痛感驟然減輕不少，聶成硯終於能夠轉過頭去，正眼瞧著李孟芯。

接著，他看著李孟芯那雙因為淚水洗滌過，顯得更加清亮的雙眼，閃爍著認真的光采，說著，「你放心，如果你不小心毀容了，我一定會對你負責的！」

那一刻，聶成硯差點脫口說出，「好，成交。」

幸而是忍住了，不然恐怕他就要嚇跑她了。

那天從醫院回來後，李孟芯從遊戲裡找到他，她傳密語來給他時，他正跟龍哥在副本裡殺怪，李孟芯傳了交友訊息給他，第一次他忙著砍怪，不小心按了拒絕，第二次，他手滑，又按到了拒絕，李孟芯問他能不能加她為好友時，他突然想到龍哥說的「欲擒故縱」這四個字，於是直接拒絕她。

李孟芯不屈不撓，繼續將他加為好友，這一次，他接受了。

那時副本 Boss 出來了，聶成硯跟龍哥殺王殺得正火熱，手機不比電腦，有時候手指頭點一點，就會不小心按到其他介面……李孟芯就是在這麼戰況激烈的情況下，被他從好友名單刪除的。

於是在她又傳密語來詢問他時，他只好又「欲擒故縱」的回她，「我在打副本，不小心手滑按到接受，所以馬上又刪除了。」

幸好，她再接再厲的又把他加為好友，還說：「拒絕我的就是烏龜！」，他只好藉著不想當「烏龜」的理由，順理成章的接受她的邀約。

然後，她開始黏著他，纏著要他帶她去解任務，要他帶她去打寶庫，要他在她去找 Boss……只要他在線上，她一上線，一定會先密頻他。

他嘴上雖然沒說什麼，但心裡其實是很開心又樂意的。

每天，他回宿舍的第一件事，就是連線上遊戲，即使是要寫電腦程式，他也一定會先掛在王城，等待李孟芯上線密他。

說沒有別的想法是騙人的，他等待的，不過就是有一天，她能愛上他。

他的心思，龍哥是隱約知道的。

所以龍哥才會問他，「到底是要拖多久才要告白？」

「拖到有一天，當我知道我不會被她拒絕時，我自然就會告白了。」

龍哥對他翻了生平的第一次白眼。

但聶成硯還沒來得及告白，李孟芯就先跟他「求婚」了。

是在遊戲裡，為了虛寶，她竟然直接向他求婚了。

聶成硯又好氣又好笑，於是他回答她，「李孟芯，求婚這種事，不是女生在做的，所以……不行！我沒辦法答應妳。」

然後，他開始在遊戲裡進行盛大的求婚儀式，先是送花，接著又在廣播頻裡正式求婚。

龍哥在一旁跟別人組隊打副本，手機螢幕上閃過他向李孟芯求婚的文字，尖聲怪叫了起來，「喂，小聶，想不到你這麼文青啊？唉唷，真看不出來嘿。」

結果，他的求婚宣言才剛送出去，還沒得到回應，就被隔壁寢的學長叫走了。

臨出去前，他還囑咐龍哥，要是李孟芯回覆了，不管是好是壞，他都一定要把她回覆的畫面截圖下來。

龍哥答應了，也順利的幫他截圖了。

於是，有好幾次，他都把李孟芯的回覆截圖點出來看，每看一次，他的心就暖一次。

水清石見，執子之手，與子偕老……我願意。

這是李孟芯在遊戲裡的回覆，只是一句話，卻在他的心裡盪出一圈又一圈的漣漪，持久不散。

他們終於在遊戲裡結婚了，他幫她辦了一個盛大的婚禮，讓她面子十足，她後來私底下告訴他，她遊戲裡的夥伴們都很羨慕她，因為跟她成婚的是他們伺服器裡的神人，還為她辦了一個這麼隆重的婚禮。

其實他想為她舉辦的，不單單只是遊戲裡的婚禮，如果她願意，現實裡，他一樣可以為她實現心願的。

偶爾，他會在遊戲裡稱呼她為「夫人」，李孟芯也會回敬他「相公」兩個字。

他很喜歡這樣子的互稱，因為遊戲裡，很多人都是「老公」來「老婆」去的，只有他們兩個人會用這麼復古的方式叫喚彼此。

為了約她吃飯，聶成硯還曾傷透腦筋，跟龍哥商量後，龍哥叫上阿偉跟壯哥，四個宅男一起開了個宿舍會議。

也忘了是誰提議的，就說：「要不，我們辦個餐聚吧，小聶你去把她約來，那些政商名流不都是用這方式把妹的嗎？先從吃飯開始，飯吃著吃著，妹也就把到手了……」

聶成硯無言。他又不是政商名流！再說，他對李孟芯可是一片真心，絕對不是飯吃一吃，妹把一把，就曲終人散了的那一種。

可是已經商量不出更好的對策了，而且這個餐聚的方法應該算是最自然不刻意的方式了，聶成硯只好同意。

「小聶，把妹可是一件大事，你一個人把妹，我們整個宿舍的人全都出力，兄弟的情誼再好也不過如此。所以，這頓飯你請。」

龍哥嘿嘿嘿的壞笑著，他想揩聶成硯的油已經想好久了，難得這次抓到機會，哪能這麼輕易就放掉？

請就請，有什麼關係？聶成硯心裡想，他從來就不是小氣的人。

「那我跟李孟芯說是你把她算在餐聚人頭裡的囉。」聶成硯想，這樣講，似乎更自然而然一點。

「那萬一她以為是我對她有意思，愛上我，怎麼辦？」龍哥又嘿嘿嘿的壞笑了一次。

「滾。」聶成硯面無表情的對他說。

那一次，他成功約到李孟芯，李孟芯似乎對美食很感興趣，整個人興高采烈的，眼睛跟嘴角都在笑。

吃過飯，他送她回去，再回到宿舍時，阿偉跟壯哥都調侃他，說他抽到大獎了，李孟芯這麼漂亮的女生怎麼就沒男生追呢？怎麼剛好就讓聶成硯遇上了呢！人生真是充滿了不公平……

遇上了又如何？在狀況未明時，人生是充滿各種不確定性的，他也沒把握李孟芯會不會真的愛上他。

如果只是南柯一夢，醒來後，是不是更痛？

因為害怕失去，所以聶成硯什麼話也沒對李孟芯說，兩個人就這麼以學長跟學妹的名義持續來往著，每天陪她去圖書館看書，每晚陪她吃晚餐。

他總想，「日久生情」這四個字應該其來有自，方法雖然笨，但感情是一種積累，即使到最後，她終究還是只能成為他生命裡的過客，可那時時刻刻的陪伴，依然能釀成生命裡最香醇的那道回憶，或許在很老的時候，不經意想起，仍然會感動。

直到那一天，一樣的餐聚，聶成硯本來要去接李孟芯的，但教授臨時來電話，要聶成硯過去幫忙整理資料。

他打電話給李孟芯，讓她自己先過去餐廳，還發了餐廳的地址給她。

在教授的研究室忙了一陣後，教授說要請他吃飯，感謝他前來幫忙。

聶成硯婉拒了，「我還趕著去約會呢。」他揚著唇，眉稍都是笑。

跟教授亦師亦友，聶成硯覺得他很幸運，找到一個真心幫助他完成論文的教授。

「喔？動了凡心了？」教授開他玩笑，之後又認真的說：「改天帶來給我看看，讓我瞧瞧，是怎麼樣的女生可以讓我的得意門生動了真情。」

「好，等我追上了，一定帶來給您看看。」就這麼答應了教授。

帶著愉快的期待心情，聶成硯來到他們聚餐的餐廳，但才一走進餐廳，看見李孟芯的穿著，他的臉馬上黑掉了……

裙子穿得這樣短是怎樣？到底是誰發明迷你裙這種東西的？應該拖出來槍斃了！

聶成硯直接脫掉自己的外套，塞給李孟芯，冷著聲音命令她，「蓋上。」

李孟芯一臉委屈的模樣，本來還笑著的一張臉，現在完全垮了下來。

聶成硯還是有佔有慾的！雖然李孟芯還不屬於他，可他就是不准讓別人也看見她的美麗……他會嫉妒、會吃醋。

送她回去的路上，聶成硯越想，心裡越發的不暢快，他拉著她的手，語氣凶凶的瞪了她一眼，

「穿什麼高跟鞋？不是說出門穿球鞋就好了嗎？這麼愛漂亮做什麼？不怕腳跟又被磨破皮？」

其實聶成硯也承認，李孟芯穿著短裙搭配高跟鞋真的很吸睛，但他只要一想到剛才是她自己一個人走路去餐廳，這沿途不知道有多少人朝她那雙又白又修長的盯著看，他一股氣就忍不住提上來。

從大街轉入巷子裡，聶成硯又發問了，「妳剛才是走巷子過去的？」

「嗯。」

可憐兮兮的模樣，聶成硯一看差點就要心軟了，但關心則亂，他一想到她包裹在他外套裡的那件迷你裙，火氣就大。

「妳就穿這麼短的裙子在巷子裡走路？萬一又像上次那樣遇到搶匪要怎麼辦？妳那雙高跟鞋跑得動嗎？」

大概是他的表情太凶狠，李孟芯看著他，嘴一扁，眼淚就掉下來了。

她一邊啜泣，一邊抹眼淚，嘴裡還委委屈屈的說：「……不要罵我了啦……」

聶成硯的心，突然化成一攤水，溫柔的滑過心房。他把她拉進自己懷抱裡，然後低頭吻了她。

李孟芯應該是驚呆了，她睜圓了眼，一瞬也不瞬的看著近在咫尺的他，聶成硯在心裡嘆氣，這樣……怎麼親得下去？

於是，他用自己的手，覆蓋住她的眼，繼續溫柔的吻她。

那一晚，他失眠了。

因為太開心，所以反而睡不著，整個晚上，他都在想她。

隔天，聶成硯去李孟芯住的地方接她上學，李孟芯看起來很開心，看見他時，一張嬌俏的臉上堆滿了甜甜的笑。去學校的路上，過斑馬線時，她還撒嬌的要他牽她的手，說別的男女朋友都是這樣的，她也要一樣。

聶成硯覺得的她孩子氣起來樣子真可愛。

交往之後，聶成硯天天買早餐給李孟芯吃，天天接送她上放學，全面啟動男女朋友模式。

但幾天後，李孟芯卻突然吃錯藥般的問他，「聶成硯，你老實回答我，你跟我……不是玩玩的吧？」

聶成硯一臉突然被雷打到的表情，這女人又想到什麼了？他瞥向她，「妳看我的樣子像是在玩嗎？」

「我哪知道！」李孟芯拿筷子戳著碗裡的飯粒，一下又一下。

聶成硯的表情一下子就嚴肅起來，他鄭重發表聲明，「李孟芯，我從來不跟人家玩玩的。」

李孟芯是個單純的孩子，她聽見聶成硯這麼說，一下子又開心起來，捧著碗，認真的吃起飯來。

聶成硯看著她，覺得自己真的很幸運，幸好李孟芯不是個愛疑神疑鬼的女朋友，小任性當然會有，小疑惑也沒少過，但通常只要他跟她解釋清楚，她就能馬上忘掉那些不愉快，又萬分幸福的嘻嘻傻笑，開開心心的纏著他吱吱喳喳。

向龍哥他們宣布他跟李孟芯交往的消息時，全寢室的人同時爆出驚人的尖叫聲，還驚動了隔壁寢的學長們。一群吃貨得知聶成硯脫離單身的消息後，全都嚷著要聶成硯擺宴請客。他拗不過，自掏腰包去買了一堆火鍋材料，兩間寢室的人躲在他們寢裡大啖火鍋。

「大熱天吃火鍋，聶成硯，你可真狠！」龍哥汗如雨下的邊吃邊抱怨。

他。

「我是有家室的人了，錢不能亂花，還有老婆要養呢。」聶成硯得意揚揚的回答他，說：「算你狠！」

一句話直接戳痛龍哥脆弱的小心靈，龍哥搗住胸口，露出心痛的表情，一手指著他，說：「算你狠！」

養老婆，是很花錢也很費神的事，不過，聶成硯卻覺得很愉快。

李孟芯本性就是個愛撒嬌的孩子，老喜歡抱著他，把頭埋在他胸口，聲音輕輕的呢喃著，聽著就很舒心。

有一天晚上，聶成硯陪著李孟芯散步，他們來到學校操場，夜裡運動的人不少，大部分都是附近住戶，很多人有夜跑的習慣，也有人是帶著孩子過來走路運動的。

他跟李孟芯繞著操場一圈又一圈的走，突然間，聶成硯想起前一天晚上他在寫程式時聽到的一首歌，輕輕哼唱起來。

聶成硯的歌聲很好，低沉溫柔，李孟芯第一次聽他唱完歌時，眼睛露出崇拜的光芒，直說自己眼光真好，挑了個這麼完美無缺的男朋友，連歌聲也能打趴一堆人，到底還有什麼是不會的？

幾句話，把聶成硯捧上了天。

聶成硯唱完那首歌，李孟芯問他是什歌，聶成硯聳聳肩，說：「忘了歌名，不過好像是張懸唱的。」

「喔。」

「其實裡面有句歌詞，我聽了，就想到妳。」

「哪一句？」李孟芯一聽，眼睛亮了起來。

「在所有人是已非的景色裡，我最喜歡你。」

李孟芯聽完，臉就紅了，她低著頭，也不管有多少人往他們這裡看，就這麼撲進他懷抱裡。

「我也是，聶成硯，我是全世界最最最最喜歡你的人，我們要永遠永遠在一起，一輩子都不分開。」

像是承諾，也像宣言，聶成硯聽進耳裡，放進心裡。

「好。」他回答她。

在所有人是已非的景色裡，我最喜歡你……一直一直都會是。

【番外篇．完】

[後記]

簡單，是最美的幸福

從前，總覺得故事一定要刻骨，才能夠銘心。

所以我寫了《你在我左心房》，書裡，把男主角賜死，賺到不少人的眼淚，也意外的讓許多人因而認識並記得那個故事。

但年紀漸長之後，慢慢的明白，其實有些人，他並沒有讓你刻骨，卻還是能讓你銘心。

偶爾思念起來，還是會有那麼一點點的甜與懷念。

二〇一六年小年夜的一場地震，震醒了所有台南人，在那陣天搖地動中，我第一次感到驚慌害怕，災難過後，我突然覺得，能夠活著呼吸，能夠身體自如行動，能夠看見家人、擁抱家人，是多麼簡單又難得的幸福。

簡單，是最美的幸福。

所以，我開始想寫一個簡單的故事。

於是，抱著絕對不可以斷頭的重要決心，我每天晚上乖乖的坐在電腦前敲字，終於完成這個甜甜的幸福故事。

對我而言，這是一部可愛的小說，而李孟芯，則是一個意外產生的主角。

在我上二本書裡，她本來只是男主角李孟奕的妹妹，她的存在，是為了替那個有點沈重的故事，增加一點輕鬆感。雖然她是個富家女，也擁有富家女該有的揮霍與任性，但同樣的，她還很單純與童真。

她沒談過戀愛，也沒暗戀過別人，雖然偶爾的心動在所難免，但身旁有個像韓少武那麼帥氣的男生陪伴，相較之下，所有的男生在她眼中看來，都只能淪為平凡了。

可是，身為女主角，怎麼可以這麼一直單身下去呢？這樣作者是會遭到眾讀者唾棄的，對吧？

所以，更帥氣的聶成硯就這麼翩然出場了……（請灑花。）

喜歡一個人，其實就是這麼簡單的一件事，是分分秒秒都想在一起，才一分開就開始想念的那種心情。

這一次，我沒有在故事裡加入太多優美的詞藻，只想以一種最舒服的方式，來說這個故事，簡單而美好。

小說寫完的第二天，我就發現自己已經開始在懷念這個故事，所以又寫了一個小番外，以男主角聶成硯的角度去說這個故事、這段愛情。

寫小番外的時候，我突然想起之前曾經聽過張懸的一首歌，歌裡有句歌詞，深深打動過我，「在所有人事已非的景色裡，我最喜歡你。」

突然間，我覺得，這就是聶成硯的心情，他一直都是那麼喜歡李孟芯的，所以我把那句歌詞借過來用，當成是聶成硯對李孟芯的愛情告白。

故事說完了，你們還喜歡嗎？

希望你們會喜歡。

Sunry

國家圖書館出版品預行編目資料

在那些燦爛的時光裡，我最喜歡你 / Sunry著. -- 初版. -- 臺北市；商周，城邦文化出版；家庭傳媒城邦分公司發行，民 105.4
面　；　公分. --（網路小說；259）

ISBN 978-986-93021-0-4（平裝）

857.7　　　　105004671

在那些燦爛的時光裡，我最喜歡你

作　　者／Sunry
企畫選書人／陳思帆
責 任 編 輯／陳思帆

版　　權／翁靜如
行 銷 業 務／李衍逸、黃崇華
總　編　輯／楊如玉
總　經　理／彭之琬
發　行　人／何飛鵬
法 律 顧 問／台英國際商務法律事務所　羅明通律師
出　　版／商周出版
台北市中山區民生東路二段 141 號 9 樓
電話：(02) 2500-7008　傳眞：(02) 25007759
Blog：http://bwp25007008.pixnet.net/blog
Email：bwp.service@cite.com.tw
發　　行／英屬蓋曼群島商家庭傳媒股份有限公司城邦分公司
聯絡地址：台北市中山區民生東路二段 141 號 11 樓
書虫客服服務專線：(02) 25007718・(02) 25007719
24小時傳眞服務：(02) 25001990・(02) 25001991
服務時間：週一至週五09:30-12:00・13:30-17:00
郵撥帳號：19863813　戶名：書虫股份有限公司
讀者服務信箱 Email：service@readingclub.com.tw
城邦讀書花園網址：www.cite.com.tw
香港發行所／城邦（香港）出版集團有限公司
地址：香港灣仔駱克道 193 號東超商業中心 1 樓
Email：hkcite@biznetvigator.com
電話：(852)25086231　傳眞：(852) 25789337
馬新發行所／城邦（馬新）出版集團【Cité(M)Sdn. Bhd.】
41, Jalan Radin Anum, Bandar Baru Sri Petaling,
57000 Kuala Lumpur, Malaysia.
電話：(603) 90578822　傳眞：(603) 90576622

封 面 設 計／黃聖文
版 型 設 計／鍾瑩芳
排　　版／游淑萍
印　　刷／高典印刷有限公司
總　經　銷／聯合發行股份有限公司
公司：新北市231新店區寶橋路235巷6弄6號2樓
電話：(02)2917-8022　傳眞：(02)2911-0053

■ 2016 年（民 105）3月31日初版
■ 2018 年（民 107）6月19日初版4.5刷
Printed in Taiwan

定價／220元

ISBN　978-986-93021-0-4

廣　告　回　函
北區郵政管理登記證
台北廣字第000791號
郵資已付，免貼郵票

104台北市民生東路二段 141 號 2 樓

英屬蓋曼群島商家庭傳媒股份有限公司　城邦分公司

請沿虛線對摺，謝謝！

書號：BX4259X	書名：在那些燦爛的時光裡，我最喜歡你	編碼：

請於此處用膠水黏貼

讀者回函卡

謝謝您購買我們出版的書籍！請費心填寫此回函卡，我們將不定期寄上城邦集團最新的出版訊息。

姓名：＿＿＿＿＿＿＿＿＿＿＿＿＿＿＿＿ 性別：□男 □女

生日：西元＿＿＿＿＿＿年＿＿＿＿＿＿月＿＿＿＿＿＿日

地址：＿＿＿＿＿＿＿＿＿＿＿＿＿＿＿＿＿＿＿＿＿＿＿＿

聯絡電話：＿＿＿＿＿＿＿＿＿＿＿＿ 傳真：＿＿＿＿＿＿＿＿＿＿＿＿

E-mail：＿＿＿＿＿＿＿＿＿＿＿＿＿＿＿＿＿＿＿＿＿＿＿＿

學歷：□1.小學 □2.國中 □3.高中 □4.大專 □5.研究所以上

職業：□1.學生 □2.軍公教 □3.服務 □4.金融 □5.製造 □6.資訊

□7.傳播 □8.自由業 □9.農漁牧 □10.家管 □11.退休

□12.其他＿＿＿＿＿＿＿＿＿＿＿＿＿＿＿＿＿＿＿＿

您從何種方式得知本書消息？

□1.書店 □2.網路 □3.報紙 □4.雜誌 □5.廣播 □6.電視

□7.親友推薦 □8.其他＿＿＿＿＿＿＿＿＿＿＿＿＿＿＿＿

您通常以何種方式購書？

□1.書店 □2.網路 □3.傳真訂購 □4.郵局劃撥 □5.其他＿＿＿＿

您喜歡閱讀哪些類別的書籍？

□1.財經商業 □2.自然科學 □3.歷史 □4.法律 □5.文學

□6.休閒旅遊 □7.小說 □8.人物傳記 □9.生活、勵志 □10.其他

對我們的建議：＿＿＿＿＿＿＿＿＿＿＿＿＿＿＿＿＿＿＿＿＿＿＿＿

＿＿＿＿＿＿＿＿＿＿＿＿＿＿＿＿＿＿＿＿＿＿＿＿

＿＿＿＿＿＿＿＿＿＿＿＿＿＿＿＿＿＿＿＿＿＿＿＿

＿＿＿＿＿＿＿＿＿＿＿＿＿＿＿＿＿＿＿＿＿＿＿＿

＿＿＿＿＿＿＿＿＿＿＿＿＿＿＿＿＿＿＿＿＿＿＿＿

【為提供訂購、行銷、客戶管理或其他合於營業登記項目或章程所定業務之目的，城邦出版人集團（即英屬蓋曼群島商家庭傳媒（股）公司城邦分公司、城邦文化事業（股）公司），於本集團之營運期間及地區內，將以電郵、傳真、電話、簡訊、郵寄或其他公告方式利用您提供之資料（資料類別：C001、C002、C003、C011等）。利用對象除本集團外，亦可能包括相關服務的協力機構。如您有依個資法第三條或其他需服務之處，得致電本公司客服中心電話(02)25007718請求協助。相關資料如為非必要項目，不提供亦不影響您的權益。

1. C001辨識個人者：如消費者之姓名、地址、電話、電子郵件等資訊。
2. C002辨識財務者：如信用卡或轉帳帳戶資訊。
3. C003政府資料中之辨識者：如身分證字號或護照號碼（外國人）。
4. C011個人描述：如性別、國籍、出生年月日。

請於此處用膠水黏貼